Pour Sonià,

en amical souvenir d'une agréable séance de dédicaces, voici l'histoire d'une passion sur laquelle s'est bâti

Mon royaume à moi.

Très cordialement

Stéphane Bern

30/3/2000

Stéphane Bern

Mon royaume à moi

Albin Michel

22, rue Huyghens, 75014 Paris

www.albin.michel.fr

ISBN 2-226-11410-6

À Marie-Claire et Patrick

Certains événements sont comme de grands arbres au bord de la route : ils balisent nos parcours personnels et forment des repères auxquels s'attachent nos souvenirs. Ainsi vous rappelez-vous, sans doute, ce que vous faisiez quand vous avez appris la mort de la princesse Diana. L'émotion générée, pourtant collective, s'est gravée dans votre mémoire personnelle, avec les parfums, les couleurs, les sensations qui s'y attachent. C'est ainsi : les temps forts de certaines vies sont les jalons de toutes les autres ; et l'on ne revoit bien son passé qu'en l'associant à des symboles. Les uns lieront leurs souvenirs à des chansons en vogue ; les autres à des rendez-vous sportifs. Pour ma part, je compte plus facilement en avènements royaux, mariages princiers et deuils de cour. Ce sont là mes références ; elles en valent d'autres... Et par exemple, pour me remémorer la date du mariage de mes parents, il me suffit de penser : « C'était en 1960, comme les souverains belges, Baudouin et Fabiola. »

Ce singulier parallèle s'est imposé tôt dans ma vie. Très tôt même : j'avais huit jours seulement quand le président John Fitzgerald Kennedy – dont la dynastie fait figure, aux Etats-Unis, de famille royale – m'éclipsa dans ma propre famille ! Il venait d'être assassiné à Dallas ; coïncidence, mes grands-parents maternels se trouvaient justement en vacances outre-Atlantique – et c'est peu dire qu'ils furent marqués par l'événement… Il m'amuse de penser que leur attention fut ainsi détournée, sans pitié, de ma fragile personne ; et je me plais à imaginer mon père, à l'aéroport, obligé de couper la parole à ses beaux-parents pour les rappeler à l'autre événement de ce mois de novembre 1963 : le petit Stéphane était né et se portait très bien – lui !

Une sorte de concurrence allait ainsi s'ébaucher entre certains repères publics et mon cheminement privé. Dix ans plus tard, la princesse Anne d'Angleterre ne trouverait-elle pas le moyen de choisir le jour de mon anniversaire pour convoler en justes noces ? Traitement inégal s'il en est : ma fête à moi devait passer inaperçue ; sa fête à elle fit les gros titres… Dès lors il me fallut l'admettre : les têtes couronnées, quoique humaines comme les nôtres, jouissaient du privilège – d'ailleurs redoutable – d'accomplir en pleine lumière ce que nous autres vivions dans la pénombre. C'était leur lot, leur tribut, aussi bien que leur raison d'être. Du coup, l'actualité princière se parait à mes yeux d'une importance extrême : elle devenait la toile de fond, le décor si l'on veut, de ma propre existence.

Les grandes personnes, autour de moi, abondaient en mon sens : elles étaient les premières à tout ramener à des figures emblématiques ; pour dire d'un homme qu'il était élégant, on le comparait à je ne sais quel prince de Galles ; pour évoquer la fortune d'un autre, on faisait référence au mystérieux roi Farouk… Tout se passait comme si les majestés, régnantes ou non, avaient constitué un réservoir inépuisable d'exemples et de références ; moi-même je passais parfois devant l'hôtel George-V, empruntais la rue Pierre-Ier-de-Serbie, traversais le pont Alexandre-III – autant d'hommages urbains à des souverains du passé… En même temps, je comprenais que les modèles préférés du public – souvent des reines ou des princesses – évoluaient avec les générations : les plus anciens s'étaient reconnus dans la légendaire reine Astrid ; leurs enfants avaient partagé les vaines aspirations de Margaret à faire triompher l'amour devant la raison d'Etat, et avaient vibré aux côtés de la « dolce » Paola, rayon de soleil romain venu en 1959 illuminer le cœur du prince de Liège et de toute la Belgique. Mais à l'époque dont je parle, on se projetait dans la princesse Grace, figure archétypale du conte de fées puisque l'actrice américaine s'était glissée sans ambages dans le personnage de la princesse de Monaco… L'égérie de ma génération serait « Lady Di », mais je ne le savais pas encore.

En attendant, j'avais bel et bien conscience de vivre au temps de la reine Elisabeth II, plutôt vers la fin de ce qu'on appellerait la nouvelle période élisabéthaine ; il y en avait eu d'autres : l'époque édouardienne, l'ère victorienne… C'était un peu comme au Japon où l'on ne compte qu'en ères impériales, chaque année n'étant que la énième du règne de l'empereur du moment. Bien entendu, les souverains seuls font foi dans ces matières. Non que la République n'ait forgé ses propres symboles ; simplement ils demeurent abstraits. Et il ne viendrait à l'idée de personne d'évoquer la période fallièrienne, ou l'ère deschanélique ! Alors, comme nous n'avons plus de rois de ce côté-ci de la Manche, nous allons chercher nos repères en face…

Pour avoir privilégié les références royales et princières, j'ai toujours su, cependant, qu'elles n'étaient pas universelles. A l'école, certains de mes camarades se référaient moins aux rois et aux reines qu'aux grands noms du cinéma, par exemple. Et je céderais moi-même, plus tard, à l'attrait de certains monstres sacrés : les Ava Gardner, Mae West ou Marlene Dietrich valaient bien, en termes d'impact sur l'imaginaire, mes bégums et mes shabanous. Néanmoins, je sentais, au fond de moi, que ce n'était pas vraiment comparable ; non seulement Hollywood était moins vieux que Westminster, mais je trouvais aux destinées des stars quelque chose de trop individuel, de trop irréductiblement personnel – mes reines, au contraire, même lorsqu'elles se trouvaient déchues, demeuraient des personnes essentiellement publiques ; elles assumaient la dimension historique d'un destin collectif. C'est dire si leurs faits et gestes me paraissaient riches de sens. Ils étanchaient ma soif de symboles.

Soyons conséquents : quitte à tout rattacher aux destins couronnés, autant se tenir au courant de leurs vicissitudes… C'est, naturellement, ce qui décida, chez moi, d'une vocation de chroniqueur « monoaxé ». Encore enfant, levé le premier dans la maison, je courais écouter les nouvelles à la radio. Nous étions fidèles à une grande station périphérique, comme on disait alors ; et le timbre de Big Ben annonçant le bulletin de sept heures me filait chaque matin des frissons. Bien sûr, j'opérais un tri dans les informations qui arrivaient par les ondes ; les mots de « roi », « reine » ou « prince » avaient, plus que d'autres, le pouvoir d'éveiller mon attention ; ceux-là, je ne les laissais pas passer : les nouvelles des cours étaient imparablement assimilées et retenues. Puis, sitôt que mes parents ou mon grand frère entraient à la cuisine, je leur sautais dessus : « Vous n'êtes pas au courant ? La monarchie vient d'être renversée en Grèce ! » Rien ne pouvait m'agacer alors comme l'air d'indifférence qu'ils affectaient dans ces moments-là ; s'ils avaient pensé calmer ainsi mon excitation, ils s'y étaient mal pris.

Je n'avais pas mon pareil, à dix ou douze ans, pour magnifier un événement royal en le présentant et le représentant sous tous les angles. « La seule différence entre Stéphane et la radio, disait mon père en soupirant, c'est qu'au moins, la radio, on peut la couper. » Cela faisait rire mon frère et me mettait hors de moi. Je m'égosillais : « Comment voulez-vous comprendre l'actualité si vous négligez les symboles ? » Autant prêcher dans le désert… Alors, quand on ne voulait plus m'écouter, je prenais ma plume et adressais, pour me libérer, une longue lettre à ma tante lyonnaise, dans laquelle je dissertais de tous les aspects de l'événement royal du jour. C'était une forme d'exutoire… Par mon souci d'être informé et de répercuter l'information, je pensais demeurer dans le flux du monde, en capter l'énergie, en infuser le sens ; la moindre donnée me semblait nécessaire à la reconstitution du grand puzzle de l'Histoire en marche.

Chaque midi, à peine ma mère rentrait-elle de son travail que je me précipitais sur son sac pour en extraire *Le Figaro*, et y chercher les articles consacrés à la vie des cours. Qui aurait pu prédire alors que ce quotidien familial me deviendrait un jour si familier ?… Je découpais les articles qui m'en paraissaient dignes et les classais dans de petits dossiers. Ainsi se constituèrent, presque d'elles-mêmes, de véritables revues de presse sur les sujets les plus variés – mais tournant tous autour d'un thème : la royauté. Je les conservais avec bonheur, toutes ces coupures arrachées à l'oubli – comme autant d'instants magiques soustraits à la course du temps. Du reste, je collectionnais tout : les cartes postales comme les badges d'avion, les blasons des villes comme les timbres – surtout les timbres. Dès avant ma naissance, mon grand-père luxembourgeois avait commencé pour moi une collection dédiée au Benelux. Or, la plupart de ces jolies vignettes commémoraient des événements où les familles royales des trois petits pays avaient leur part. Ainsi pouvais-je me les approprier un peu plus, jusqu'à les faire miennes.

Les timbres et les coupures de presse, en attendant les magazines entiers, m'aidèrent beaucoup à prendre mes marques – ils jetèrent pour moi des jalons sur l'inconnu. Je les semais derrière mes pas comme les cailloux du Petit Poucet. Et je me disais que le temps viendrait bien, un jour, où je reprendrais tout cela – où, ramassant une à une les pierres laissées sur mon chemin, je réveillerais les souvenirs attachés à chacune. Le temps viendrait, assurément, de sacrifier, rien que pour le plaisir, à l'évocation conjuguée de l'ombre et de la lumière, de leurs hauts faits à eux et de mes petits faits à moi.

Du côté de Luxembourg

Longtemps j'ai cru que j'étais le duc de Nemours. C'était une lubie d'enfant, sans autre objet que de faire joli. Le titre sonnait bien ; quant au nom, pourquoi Nemours au juste ? Sûrement pas par référence au prince du même nom, car j'étais loin de le connaître alors. Non. Dans mon esprit, cela devait m'apparenter plutôt au duc de Nevers, celui de la célèbre botte ; signe que les héros de cape et d'épée, s'ils ne m'étaient pas familiers, me fascinaient déjà. Mes parents eux-mêmes m'appelaient Fanfan – ce qui faisait penser à « Fanfan la Tulipe ». Cela pourrait m'avoir influencé, naturellement. En vérité, je crois surtout que j'avais repéré, sur l'autoroute de Lyon, des pancartes indiquant la sortie : Nemours… Pour un enfant qui trouve le temps long et cherche à l'abolir en songes, il n'en fallait pas plus.

C'est peu dire, en effet, qu'il me paraissait long, très long, le chemin de Paris à Lyon. Interminable, en fait. Nous l'empruntions régulièrement pour rendre visite à mes grands-parents Bern, qui habitaient alors dans la capitale des Gaules – ma cité natale. Ce côté-là de ma famille ne m'amusait pas ; des aïeux trop âgés, peut-être, trop sérieux sans doute, et de surcroît enfermés dans leurs habitudes d'artisans horlogers, avaient fini par incarner, à mes yeux d'enfant trop lucide, l'étroitesse de vues et l'ennui. Aucune chaleur dans tout cela, et surtout pas de rêve ! On dira ce qu'on voudra : chez un enfant, rien n'est plus important que d'imaginer ce qu'il n'a pas encore la faculté d'éprouver « en vrai ». Or, mes grands-parents, même s'ils possédaient d'autres mérites, n'avaient rien pour alimenter les rêves d'un enfant. Ce point de vue pourra paraître injuste, d'autant que je me rappelle avec émotion combien ma grand-mère paternelle me gâtait, passant ses journées aux fourneaux pour contenter mes appétits d'enfant de ces gâteaux au beurre qu'elle enfermait précieusement dans des boîtes en fer-blanc. Mais pour être tout à fait sincère, mon cœur allait plus spontanément vers le côté maternel.

Assis bien droit, la tête haute, sur la banquette arrière de notre Peugeot 404, je n'avais donc rien trouvé de mieux, pour oublier notre destination lyonnaise, que de me glisser dans la peau d'un soi-disant duc de Nemours, véhiculé par son cocher vers quelque réunion élégante… Mon père se laissait absorber par la conduite, ma mère somnolait ; quant à mon grand frère, assis à côté de moi, il n'en finissait pas d'établir le décompte des voitures que nous dépassions, et dont il livrait à mon père un état régulier… Comme ces trajets me faisaient presque toujours vomir en dépit de tous les cachets, on avait eu soin de recouvrir la banquette d'une sorte de plaid à carreaux verts, rêche à souhait, ce qui ajoutait une touche de rugosité à un tableau qui n'en avait pas besoin. Je regardais autour de moi et n'y trouvais que grisaille. Aussi bien je me sentais seul et coupé de tout.

Dans des moments comme celui-là, je me disais que cette famille n'était pas ma famille. Mes parents ne devaient pas être mes parents. On avait dû m'enlever à mon foyer d'origine pour me placer d'autorité dans un autre, où l'on me comprenait bien mal. Je comparais mon sort à celui du Vilain Petit Canard dont je relisais souvent les mésaventures, dans un bel album illustré des *Contes de la Mésange*. Ce caneton-là était trop gros, trop noir, trop différent de ses frères. On le lui reprochait assez… Je connaissais cela, moi aussi : mon frère était souriant quand on me disait grincheux ; autant lui s'était montré précoce en tout, autant j'avais accusé du retard à marcher, à parler. A force, j'en venais à redouter cet aîné qu'on me donnait sans cesse en exemple parce qu'il était censé faire tout mieux que moi.

Ainsi mes qualités se trouvaient-elles éclipsées par celles, tellement plus voyantes, d'un frère exemplaire. J'héritais ses habits, ses jeux, ses livres. J'avais appris à me glisser dans ses habitudes, à me couler dans un moule qu'il avait créé lui-même et, de ce fait, taillé à ses mesures… Fatalement, parce que doué de dispositions différentes, je ne pouvais que faire piètre figure au regard de critères institués par lui – critères uniques autant qu'exceptionnels. Et malgré tous mes efforts, je pouvais être certain de n'arriver jamais à la hauteur du modèle – le seul qu'on m'ait proposé d'ailleurs. Mes parents, qui me trouvaient moins doué, en éprouvaient une déception à peine voilée. Cela m'affectait profondément. Il serait injuste de prétendre qu'ils m'aient chipoté leur amour ; eux disaient même que j'étais au contraire plus gâté que mon frère. Simplement, ils se bornaient à compenser l'admiration qu'ils vouaient à leur aîné par ces câlins vrais, ces fausses indulgences, et ces marques de générosité voulue qu'on réserve souvent à un deuxième enfant moins brillant…

Désormais, j'aurais constamment à faire la preuve que, moi aussi, je pouvais réussir, ce qui n'allait pas de soi. Tout devait concourir à ce que j'éprouve, et pas seulement à la maison, le sentiment aigu d'une différence ; je me sentirais vite coupé de mes semblables, séparé d'eux par un fossé inavouable. J'en éprouverais un mélange de honte et de peur ; jamais je ne serais en sécurité nulle part ; toujours je chercherais de la reconnaissance dans le regard des autres. A l'école, cela prit très vite des proportions effrayantes. Je m'y sentais, à chaque instant, isolé dans la masse. Moins doué que mon frère aux exercices intellectuels, moins habile que mes camarades aux jeux de balle et de course, je me sentais, par compensation, bien plus ouvert qu'eux à certaines rêveries.

Longtemps j'ai cru que j'étais le duc de Nemours ; longtemps j'ai pensé que je ne pouvais trouver la quiétude que dans le confort illusoire d'une grandeur imaginée.

Quand nous ne roulions pas en direction de Lyon, c'est que nous avions pris celle de Luxembourg. C'était l'alternative, l'autre destination – assurément plus proche et mieux perçue. Naturellement, j'étais moins malade sur ce trajet que sur l'autre ; d'ailleurs tout le monde, dans la voiture, paraissait détendu. Autant je détestais Lyon, autant j'aimais Luxembourg. Mes grands-parents maternels y possédaient, rue du Maréchal-Foch, une demeure charmante. Je revois sa grille sur la rue, le petit jardin de façade et les trois marches menant à la grande porte vitrée. La maison elle-même était accueillante, joliment meublée et toujours pleine de vie. La chambre des enfants nous attendait tout en haut, au deuxième étage. J'aimais surtout, derrière la maison, la petite roseraie et, au-delà en montant, les fraisiers d'un côté et, de l'autre, la pelouse plantée d'arbres fruitiers. Il était interdit de jouer au ballon ou de faire du vélo dans ce petit Eden, de peur de gâter les plantations ; en contrepartie, ma grand-mère nous gavait de tartes aux quetsches du jardin, mais aussi de compotes de poires et de gelées de groseilles... Mes souvenirs luxembourgeois sont avant tout gourmands : le matin, nous dévorions un délicieux pain brioché, agrémenté de raisins secs, et sur lequel nous pouvions étaler du beurre ; nous faisions aussi nos délices des bonbons « Sugus », avant de recevoir, en fin de séjour et pour atténuer l'amertume du départ, une tablette de chocolat noir et une autre de chocolat au lait.

Ma grand-mère était adorable, même si ses épanchements étaient mesurés. Je voyais en elle comme une deuxième mère, l'autorité en moins ; car elle ne cultivait pas cet air de dureté que ma mère tenait à l'évidence de son propre père. En homme autoritaire, mon grand-père faisait régner sa loi sur la maisonnée ; c'est ainsi qu'il nous obligeait, mon frère et moi, à faire la sieste avec lui, ce qui était d'autant moins agréable qu'il ronflait comme l'ogre des contes. Mais au fond, nous aimions cet aïeul un peu soupe au lait, avec son accent guttural et ses manières héritées de la vieille Europe. Atout suprême, et pour nous extraordinaire, il possédait un récepteur de télévision.

C'était un gros poste sur lequel se bousculaient tous les canaux européens. En effet mon grand-père, en triturant un boîtier installé dans le salon, pouvait à loisir orienter l'antenne sur le toit, ce qui permettait de capter, tant bien que mal, les programmes de plusieurs dizaines de chaînes ; au lieu d'en recevoir une nettement, nous en apercevions, floues, une bonne quarantaine… A la fin des années soixante, cela n'en semblait pas moins inespéré. Mais, le plus souvent, nous devions nous contenter de journaux télévisés en rafales : nous commencions par un bulletin en allemand, passions ensuite aux informations belges, puis luxembourgeoises, avant de pouvoir profiter – si nous avions été sages – du journal français de 20 heures. L'ensemble tenait donc plus du cours de langues que de la récréation ; au demeurant mes grands-parents parlaient quotidiennement le dialecte local, entre eux le suisse-allemand – ma grand-mère étant originaire de Zurich –, et le français seulement avec nous.

Autant dire que mes séjours à Luxembourg, le temps d'un week-end ou d'un congé scolaire, alimentaient mes rêves en pittoresque. Comme toutes les maisons de la rue, celle de mes grands-parents arborait en façade, à hauteur du premier étage, un mât qui m'intriguait. Mon grand-père m'avait expliqué que cela servait à pavoiser pour l'anniversaire du grand-duc ; mais je n'étais jamais à Luxembourg ce jour-là et ne pouvais donc pas hisser les couleurs. Qu'à cela ne tienne, je pouvais à loisir contempler les drapeaux du palais grand-ducal, si petit par ailleurs, et tellement privé de perspective qu'on ne peut le photographier que de biais. Au moins son architecture néogothique en faisait-elle, à mes yeux, le cousin des châteaux de Blanche-Neige ou de Cendrillon. Parfois, avec un peu de chance, je pouvais assister à la relève de l'unique sentinelle qui en gardait l'entrée. Ce spectacle, pourtant tout simple, me transportait de joie. J'aimais le décorum, la grandeur et la pompe – même modeste. Comme tous les enfants lorsqu'ils ont la chance de fréquenter une maison de famille, j'en avais fait le centre d'un royaume à moi ; simplement, le mien prenait les traits d'un vrai petit royaume, avec sa frontière et sa langue, son drapeau et son palais grand-ducal.

Mes grands-parents, par bonheur, ne demeuraient jamais longtemps loin de nous et faisaient souvent le voyage jusqu'à Paris. C'était alors une fête que d'aller, avec ma mère, les chercher à la gare de l'Est, au train de midi – mais une fête qui se méritait. J'en étais souvent privé pour ma part, n'étant pas assez docile pour me plier sans regimber aux injonctions maternelles. Car nous étions élevés sous la férule d'une mère directive et qui nous imposait une discipline quasi prussienne. La rigueur à laquelle on nous soumettait était assez unique en son genre ; juste après Mai 68, nous recevions une éducation semblable à celle qu'on avait dû dispenser dans les bonnes familles germaniques à la fin du siècle dernier… Et je n'ai pas le souvenir d'une seule journée sans gifle ou sans punition. Dure avec nous – surtout avec moi – comme elle l'était avec elle-même, ma mère entendait nous forger une cuirasse qui nous permît d'affronter plus tard tous les dangers de la vie. Ne partageait-elle pas avec son père la vision d'une existence assez rude, et que résumerait la phrase de Vigny : « Souffre et meurs sans parler » ?

Les contradictions de mes parents me plongeaient souvent dans des affres de perplexité. D'un côté, ils se voulaient parfaitement égalitaires et mettaient un point d'honneur à ce que leurs enfants fréquentent l'école de la République. D'un autre, ils nous interdisaient de déjeuner à la cantine, de crainte des vilains mots et des mauvaises fréquentations. A la maison, jusqu'à ce que nous ayons été en âge de nous tenir correctement et de dire des choses convenables, nous avons dû déjeuner et dîner à la cuisine avec notre bonne ; ce qui n'enlevait rien au respect que nous lui devions, au contraire ; si j'avais le malheur de me décharger sur elle d'une bêtise ou d'un petit larcin, la sanction redoublait – rien que pour m'apprendre à assumer mes actes, à devenir responsable…

Un détail pour bien fixer l'ambiance : quand mon père rentrait de ses déplacements professionnels, il nous convoquait dans son bureau pour nous décerner des notes ! Sur le rapport de ma mère, il chiffrait ainsi notre conduite sur une échelle allant de 0 à 10. Inutile de préciser que mon frère descendait rarement des échelons les plus élevés. Pour ma part, il était rare que j'obtienne seulement la moyenne… Bientôt notre argent de poche fut indexé sur ces beaux ratios, m'obligeant aux économies les plus drastiques. Aussi, avec le temps, le sentiment grandirait-il en moi que tout se jouait, dans ma famille, à trois contre un ; et je finirais par considérer mon frère comme le suppôt des tyrans – si éclairés qu'aient été ces despotes.

Par ailleurs, il était gratifiant de grandir dans une famille cultivée et volontiers brillante. Nous n'avions pas la télévision, pour ne pas nous distraire de nos lectures.

Nous devions connaître tous les usages, et respecter nos aînés quels qu'ils fussent, avec une sorte de déférence aristocratique. Moi-même, je regardais mes parents comme s'ils avaient été l'empereur Charles et l'impératrice Zita en personne. Cette référence à la double couronne n'est pas gratuite : je gardais alors pieusement la mémoire du bisaïeul dont on m'avait donné le prénom, Stéphane – « le couronné » en grec. Cet aïeul, engagé volontaire, s'était fait tuer, au premier jour de la Grande Guerre, pour les Habsbourg. On n'est pas plus chevaleresque. Ma grand-mère, née après sa mort, en voulait beaucoup à son père d'avoir ainsi manqué à sa propre famille par fidélité à une autre. J'étais bien le seul à me glorifier de porter son prénom, quand tout le monde s'ingéniait à tourner son geste en ridicule. « Quel niais, celui-là ! » disait-on. Moi, je le comprenais. J'admirais sa destinée ; toute révérence gardée, je la faisais mienne.

Dans ma famille, l'existence de ce personnage tenait plus ou moins du tabou. Ce n'était pas la seule ombre sur mon ascendance. Alors que le côté paternel, décimé lors de la dernière guerre, restait profondément divisé, le côté maternel cultivait, quant à lui, un certain sens du mystère. Il me semblait toujours, à tort ou à raison, qu'on me cachait toutes sortes de vérités. N'avait-on pas complètement occulté, en 1971, le décès inavouable d'un oncle de vingt-trois, sans doute trop marginal ? Ce garçon-là nous avait adorés, mon frère et moi. Nous l'avions vu pour la dernière fois lors du mariage de sa deuxième sœur, ma tante ; puis il mourut, en plein été ; ma mère partit en larmes pour Luxembourg, avant de revenir abattue, après une semaine d'absence. Tout le monde refusant de nous en dire plus, je dus me contenter de regarder longtemps la dernière carte postale qu'il m'avait adressée, peu de temps avant sa disparition…

Bientôt je développerais, en réaction à de tels silences, un besoin aigu de marteler les vérités, de dire les choses, de les crier si nécessaire. Cette aspiration se doubla même d'une faculté, irritante sans doute, à déceler chez les adultes le défaut de la cuirasse. D'instinct ou d'habitude, je me mis à distinguer la moindre faiblesse chez ceux qui m'entouraient ; et je m'en servis, sans trop de discernement, pour blesser ceux que je sentais le plus vulnérables. Tout ce qu'on prétendait me cacher, je le devinais sans effort ; or, loin de le garder pour moi, je ne pouvais m'empêcher de le dire – ce qui ne me fit pas que des amis.

Parallèlement, ne pouvant disposer de mes racines avec certitude, je n'avais de cesse que je n'aie connu en détail celles des maisons les plus établies. Les généalogies princières et royales, avec toute leur parure héraldique, devinrent la passion de mes jeunes années ; l'appropriation continuait, mais sur une autre échelle, et sans la distance qu'abolissait le temps.

La famille d'élection que je m'étais choisie, tout naturellement, était la maison grand-ducale de Luxembourg. Moi qui n'aimais pas la religion, avec quels transports j'avais récité, tout jeune, la prière d'intention au grand-duc :

> « Seigneur, roi du monde, maître de l'univers,
> Bénis et protège notre souverain,
> le grand-duc Jean, et son auguste épouse,
> la grande-duchesse Joséphine-Charlotte »…

Ces mots-là, je les comprenais, ils me venaient du cœur comme lorsqu'on prie pour la santé d'un proche. J'avais enregistré, depuis, tout ce qui se disait sur cette famille, et notamment les hommages dont on couvrait sa figure tutélaire, la grande-duchesse Charlotte. Au matin du 10 mai 1940, la mère du grand-duc Jean avait en effet préféré l'exode à la soumission, et s'était précipitée sur les routes de France à la tête de son peuple – mon grand-père avait été du nombre, et m'avait raconté cet épisode de leur histoire commune. J'étais le seul à l'interroger sans cesse sur son passé, sur « sa » guerre. Brimé par les sempiternels commentaires du reste de la famille – « tu nous l'as déjà raconté, papy » –, mon grand-père appréciait visiblement – bien que je ne sois pas l'aîné de ses petits-enfants – mon intérêt pour ces pages sombres de son histoire. Alors, au crayon rouge, sur une immense carte de France que j'avais apportée exprès de Paris, il me dessinait son « parcours du combattant ». L'exil, la souffrance, la menace nazie, cela me terrifiait et m'exaltait tout à la fois. J'admirais alors l'incroyable capacité dont il avait fait preuve à surmonter miraculeusement les duretés de l'Occupation, et comment il avait tout reconstruit après la Libération… en repartant de zéro.

Après la guerre, la grande-duchesse Charlotte avait accompagné le redressement sans mesurer sa peine. « En voilà, une grande dame, la grande-duchesse Charlotte ! » disait mon grand-père avec des trémolos dans la voix. Quant à ma mère, qui n'était déjà plus chez ses parents lors de l'abdication de 1964, elle continuait à se croire sous le règne de Charlotte, et n'appelait jamais le grand-duc autrement que « Prins Jean », son nom d'héritier.

Chaque semaine, mon grand-père nous envoyait, à mon frère et moi des cartes postales du grand-duché, souvent en rapport avec la famille de Luxembourg. Mon frère finissait par jeter les siennes ; je conservais soigneusement celles qui m'étaient adressées. Je les punaisais sur un panneau de liège, au-dessus de mon bureau, non loin de la carte du grand-duché, avec les routes et les contours – et, dans le coin, le portrait des souverains régnants. Avec le temps devait s'édifier ainsi un embryon de collection, retraçant, à travers les clichés officiels, tous les événements heureux de cette seconde famille : j'en voyais les membres grandir, évoluer, vivre comme tout le monde. Ils incarnaient un conte de fées ancré dans la réalité, dans notre monde, dans notre temps – un conte dont les personnages auraient vraiment vécu. Aussi bien, pour moi, cette famille n'était pas « ma » famille, ni « la » famille grand-ducale ; elle était « ma famille grand-ducale », par un phénomène d'appropriation bien naturel, mais dont je ne me lassais pas d'éprouver la force.

C'est bien inconsciemment que mon grand-père, par ces envois hebdomadaires, avait encouragé ce qu'il faut appeler une passion naissante. Lui-même n'était en aucun cas monarchiste ; ce qui ne veut pas dire qu'il ait non plus été républicain. Disons que la famille grand-ducale ne le gênait pas ; et même, la monarchie lui convenait, pour autant qu'elle assurât le bon déroulement de la démocratie. Ce qui lui importait au fond, c'était de pouvoir continuer, grâce au panachage des listes, à élire des représentants à sa guise, pour ne pas dire à la carte. Ma grand-mère était finalement plus engagée que lui en faveur de la famille de Luxembourg. Je revois sa fierté d'avoir le même coiffeur que la grande-duchesse, ou d'aller chercher son pain chez le boulanger attitré – on dit « breveté » – de la Cour. En revanche, je me rappelle aussi son impatience devant les difficultés de Joséphine-Charlotte à parler sa nouvelle langue ; ma grand-mère souffrait devant son téléviseur comme si elle avait déploré les impairs de sa propre fille.

L'émission « Ei Elei, Kuk Elei » était pleine, au demeurant, des faits et gestes de la famille grand-ducale. Je m'en gavais chaque fois que possible, picorant, dans le commentaire en dialecte luxembourgeois, des noms propres qui revenaient comme autant d'îlots familiers sur un curieux maelström. Les cérémonies officielles étaient un point de rencontre entre les Luxembourg et leurs sujets. Ainsi ma grand-mère prenait-elle très au sérieux les réceptions annuelles, au palais, de l'Union des Dames dont elle était membre ; et je savais que ma mère elle-même, qui traitait si facilement tout cela de fariboles, avait revêtu, jadis, sa plus belle robe blanche pour être présentée à la grande-duchesse Charlotte. Or, c'est précisément ce qui m'enthousiasmait le plus dans ce tout petit royaume : la monarchie n'y faisait pas figure de cause en péril ; elle n'était pas un but pour lequel il fallait lutter ; elle incarnait simplement l'ordre des choses, avec la force de l'évidence. Cette réalité-là, presque exotique pour un petit Français, allait de soi au Luxembourg ; elle rassemblait tout le monde autour d'une famille que nul n'aurait songé à remettre en cause. Quelle tranquillité ! Quelle sérénité – en même temps, quelle belle image !

Quand je rentrais à Paris avec mes deux tablettes de chocolat, j'avais aussi, disons-le, la satisfaction d'avoir passé le week-end dans un endroit qui intriguait assez mes petits camarades du lycée Carnot. Mon meilleur copain, un dénommé Christophe qui se trouvait, comme par hasard, être un fort en thème dans le genre de mon frère, m'interrogeait avec curiosité sur mon royaume enchanté. J'étais, il est vrai, prodigue de mes commentaires. D'autres se mêlaient à la conversation. Ce Luxembourg les intéressait ; et je ne me lassais pas, quant à moi, de répéter qu'il ne s'agissait pas du jardin parisien du Luxembourg, mais bel et bien d'un petit Etat indépendant, qu'on appelait « grand-duché » parce qu'il était placé sous la souveraineté d'un grand-duc. Cela marchait à tout coup : l'on faisait bientôt cercle pour m'écouter ; les uns me harcelaient de questions, les autres de lazzis. Déjà se manifestait cette ambivalence dans les réactions qu'il me faudrait apprendre à accepter : les gens m'écoutent souvent avec intérêt, mais ils font mine de ne pas s'attacher au sujet. Il ne fait pas bon, en France, de parler de rois et de reines autrement que pour s'en moquer.

Ainsi, le petit canard commençait-il à se montrer moins vilain. J'étais plus gros que les autres, c'est un fait ; je portais des lunettes, soit ; mais au moins j'avais trouvé un moyen plutôt chic de tolérer ma singularité, de la vivre, de la cultiver même ; je parlais du Luxembourg et de ses souverains ; j'en parlerais longtemps en fait. Même en classe, et malgré un retard de deux ans sur mon frère, je tenais désormais le moyen de passionner tout le monde autour d'un sujet qui me tenait à cœur. Et je ne comptais plus les exposés que j'avais présentés sur le thème.

Parallèlement, quelque chose avait germé en moi, qui ne demandait qu'à mûrir : le sort du petit Etat lui-même commençait à m'intéresser vivement. Je ressentais une sympathie profonde pour ce pays minuscule, sans cesse menacé et régulièrement dévoré par ses puissants voisins, mais qui avait défendu néanmoins sa forte identité culturelle, et se battait encore chaque jour pour rester lui-même. Je m'identifiais naturellement à un pareil destin. Mon Luxembourg, que les cartes ne désignaient que par ses premières lettres – « LUX. » – était un peu comme moi : un être différent, vibrant d'une identité forte, et raillé par ses voisins plus forts parce qu'il prétendait se comporter autrement. C'est dire si ces voyages au Luxembourg avaient laissé une trace indélébile sur mon enfance et allaient orienter la suite. En vérité j'avais trouvé, du côté de chez mes grands-parents, entre un plant de fraises et un rang de pruniers, une autre famille et une deuxième patrie – en même temps qu'une seconde nature.

Photos de famille

1969. Je ne parviens pas à me rappeler dans quel périodique j'avais bien pu la découvrir, et cependant je la revois avec précision ; la photographie officielle des noces d'or de la grande-duchesse Charlotte me fit d'emblée l'effet d'un talisman. Il s'agissait de célébrer l'union florissante de l'ancienne souveraine avec le prince Félix de Bourbon-Parme, un charmant vieillard qui devait disparaître l'année suivante. Pour la circonstance, on avait jugé bon de réunir, au pied de l'escalier d'honneur du palais grand-ducal, tous les enfants du couple, et les petits-enfants, et les arrière-petits-enfants… En tout une bonne trentaine de descendants, porteurs d'autant d'espérances.

Voilà une image qui me fascinait, moi qui pouvais tout juste me prévaloir d'un frère et de deux cousins germains. La famille de Luxembourg était aussi étoffée que la mienne paraissait étiolée ; et j'aurais tout donné pour figurer, moi aussi, en bonne place sur ce tableau de famille – sur ce tableau royal devrais-je dire : car pour demeurer familiers, les différents personnages n'en avaient pas moins été disposés selon un ordonnancement précis, et qui apparaissait comme immanent. On y avait respecté les préséances. La grande-duchesse Charlotte et son mari étaient, naturellement, assis au premier plan ; mais juste derrière eux, dans une attitude autrement prééminante, les souverains en titre ordonnaient la composition. Autour d'eux et derrière venaient les autres enfants, entourés eux-mêmes de leur progéniture. Cela faisait penser à ces tableaux de corporations hollandaises qu'on nomme des *Doelen*, et où chacun occupe pleinement – mais seulement – la place qui lui revient.

Je sentais bien, d'intuition, qu'un homme de l'art avait dû officier dans la coulisse, pour placer avec tant de justesse les membres de ma famille grand-ducale. Comme j'enviais son savoir et sa pratique des rangs ! Il avait su disposer chacun de la manière la plus convenable. L'exemple devait m'en revenir près de trente ans plus tard quand, ayant à orchestrer à mon tour, à Monaco, la photo officielle du mariage du prince Charles de Bourbon-Siciles, je m'offris le luxe de jongler avec le protocole, presque aussi bien que les altesses présentes. La vie offre ainsi de ces raccourcis qui sont l'accomplissement d'un vieux rêve, et sa traduction tardive dans la réalité.

A l'époque, en 1969, j'avais scruté la légende du fameux cliché avec toute l'attention dont j'étais capable. Il m'avait fallu mettre un nom sur chaque visage ! Mon ambition était aussi d'élucider les moindres liens de parenté. Je devais, pour cela, reprendre toutes les filiations, dans leur agencement complexe et logique à la fois. J'y passai des heures, comme devant un puzzle. Le plus difficile avait été d'identifier une fois pour toutes les différentes sœurs du grand-duc Jean, qui avaient épousé des princes : l'une était devenue Hohenberg, une autre Ligne, une autre encore Holstein-Ledreborg… J'apprendrais bientôt à mieux connaître tous ces noms. Certains enfants cherchent à retenir par cœur, afin d'exercer leur mémoire, la liste des départements français ou le répertoire téléphonique de leurs parents – moi je mémoriserais des généalogies. Ce serait mon tribut à l'érudition infantile – la plus redoutable qui soit sans aucun doute.

Avant tout, je voulais comprendre. Remonter une arborescence, retrouver les alliances, déceler des liens moins évidents. Je faisais preuve, en la matière, d'une insatiable curiosité. Chaque nom m'apportait avec lui son mystère, qu'il convenait d'élucider au plus tôt, à grand renfort de documents et de schémas. Or, à mesure même que je progressais, je découvrais, éberlué, que tout cela se tenait parfaitement, et que des connexions qui, deux mois plus tôt, m'auraient paru inconcevables, s'expliquaient peu à peu, comme par enchantement.

Ce qui me fascinait le plus, c'étaient les chimères oubliées du passé. Je n'avais pas treize ans alors, mais déjà je rêvais du fameux, du mythique, Saint Empire romain germanique. Démembré après Charles Quint, aboli par Napoléon, il avait été plus ou moins rebâti par ce dernier sous l'appellation de Confédération du Rhin, avant d'évoluer vers cet Empire allemand qui serait l'ennemi de la France. J'éprouvais l'impérieux besoin de savoir, absolument, ce que pouvait recouvrir ce terme éminemment politique de « Confédération du Rhin ». J'avais lu qu'elle avait réuni, en tout, trente-six Etats – soit. Mais combien cela faisait-il, au juste, de royaumes ? Je me sentais fait pour les dénombrer : Wurtemberg, Bavière, Saxe, Hanovre, Prusse… A mesure que j'en repérais les différentes frontières sur d'anciennes cartes, il me semblait que la lumière se faisait – ou, si l'on veut, que je repoussais l'obscurité dont mon esprit s'accommodait si mal. Cinq royaumes, donc. Mais les principautés, encore ? Et les duchés ? Quant aux familles « médiatisées », ainsi nommées parce qu'elles n'avaient régné que sur des territoires dont l'Empereur était le suzerain direct, qu'était-il advenu de leur statut ?

Combien de semaines j'ai passées à me perdre dans la mosaïque insensée de ces dizaines de principautés minuscules, régentées par des lignées peu puissantes mais d'autant plus jalouses de leur souveraineté ! Non content de connaître leur existence, je voulais encore en percer l'atmosphère et l'esprit ; c'était là le rôle et l'apport de la littérature – et, dans le cas présent, d'un merveilleux roman de Thomas Mann : *Altesse Royale.*

A mesure que progressaient mes lumières sur la vieille Europe, ma mémoire se montrait plus docile. Je l'avais exercée, au tout début, sur les cantons luxembourgeois. Douze seulement. Puis j'avais retenu, dans l'ordre alphabétique, les vingt-deux cantons de la Confédération helvétique. Cela devait me faire penser à ma grand-mère, et à son passé zurichois… Surtout, cela me donnait l'impression de maîtriser le Gotha, le vrai – du nom de la bourgade allemande où l'on avait édité, jadis, un almanach délivrant des nouvelles des cours régnantes : naissances, deuils, avènements – tout ce qu'on aime…

On pourrait croire que tant d'efforts visaient à me faire valoir aux yeux des autres, et notamment au sein de ma famille. Il n'en était rien. Ces plaisirs-là étaient bien égoïstes au contraire ; loin de les partager, je les entourais de toute la discrétion possible. Mon but n'était-il pas, avant tout, de justifier ma différence à mes propres yeux ?

En vérité, tandis que s'aiguisait ma maîtrise d'une discipline parmi les plus pointues, je me sentais reconquérir l'estime de moi-même. Et plus j'entrais dans les petits détails, plus je m'en trouvais grandi. En secret.

1972. Une autre photographie. En noir et blanc, celle-là. Superbe. Le roi Frederik de Danemark vient de mourir. Au balcon du palais, sa fille, la nouvelle reine, est apparue en grand deuil, voile et crêpe noir, pour se présenter au peuple. « Vive la reine ! » crie certainement la foule. La souveraine salue, très digne. Elle accueille les vivats en écrasant une larme, on l'acclame en regrettant son père... C'est triste et joyeux à la fois. C'est beau d'ambiguïté – royal...

A neuf ans tout juste, je fais la découverte d'un principe fondamental, et qui distingue la monarchie de tous les autres régimes : celui de la continuité de l'Etat dans son incarnation biologique. Le roi est mort, vive la reine ! Dans cette étrange imbrication de la vie et de la mort se trouve résumé tout le mystère de l'existence. C'est la roue du temps qui tourne ; mais sur les rois, elle a si peu de prise !

La reine poussera bientôt ses enfants devant elle. Elle est bien une mère, la Mère par excellence et qui, du haut de ce balcon, protège ses deux enfants et tous les autres, ceux qu'on voit comme ceux qu'on ne voit pas et qui l'en aimeront davantage... Plus tard, j'apprendrais que la reine Margrethe, née au printemps de 1940, ne fut baptisée ainsi qu'en hommage à la Résistance danoise, qui avait fait de la marguerite son emblème. Encore un symbole – celui de l'attachement de cette couronne à la liberté et à la démocratie.

A l'école, on ne nous a jamais parlé de tout cela. Les rois n'y sont évoqués qu'au passé, et encore : pour servir de repoussoirs. Nourris au lait de Marianne, mes professeurs ont appris la vulgate, celle de Mallet-Isaac et de leurs sbires. Désireux, pour ma part, d'accorder ce que je pense à ce que je sens, il me faudra chercher ailleurs une vérité qu'ils paraissent tous bien décidés à occulter. Cela viendra plus tard… Je plongerai alors dans les livres d'histoire classique, certains qu'ils contiennent un antidote à l'histoire en vogue. Loin des essais ethnographiques sur la famille paysanne ou les circuits d'échanges, j'y apprendrai l'histoire des règnes, la bonne chronique royale telle qu'on l'a toujours tenue depuis les Carolingiens.

Les manuels scolaires m'apportent, en attendant, quelques rudiments incontournables. Certains épisodes de notre histoire me font chaud au cœur, d'autres me glacent les sangs. Tout de suite, il m'est apparu comme scandaleux – au-delà même du scandale – qu'un peuple prétendu civilisé ait pu, tout légalement, couper la tête à son roi. Je trouve cela tellement impossible que j'éprouve le plus grand mal à seulement me le figurer. Après tout, il n'avait fait de mal à personne, cet homme-là !

Bien plus tard, mes réactions iront à rebours de celles des professeurs. Esprit de contradiction ou soif d'indépendance : non sans provocation, je contesterai toujours leur histoire officielle, avec un net penchant, déjà bien dessiné, pour l'occulte, le mystérieux, et le secret. Autant le récit de la mort de Louis XVI me couvre de honte, autant une visite à Versailles m'emplit de fierté. La plupart de mes camarades réagissent de même *a priori*, jusqu'à ce qu'on leur inculque une autre lecture du passé… Ne nous présente-t-on pas Louis XIV comme un homme égoïste et vaniteux, le pire des souverains autocrates ? Moi, je ne sais qu'une chose : c'est que son palais demeure, et de très loin, la plus belle vitrine de la France. Rue du Mail, où je travaille aujourd'hui, on appellerait cela un show-room – encore s'agit-il d'un show-room intemporel, moins lié à une quelconque mode qu'attaché aux symboles. Les symboles ! Voilà bien ce qu'on prétend refuser, aujourd'hui, aux enfants des écoles !

Mon professeur d'histoire, en seconde, ne dédaignait pas de croiser le fer avec moi sur tous ces sujets. Communiste et fier de l'être, il s'amusait de mes réactions tellement opposées aux siennes. Je me souviens, notamment, d'un échange un peu vif à propos, non plus d'un roi, mais d'un empereur : j'avais pris, par esprit de contradiction, fait et cause pour Napoléon III, dont je louais autant les grands travaux que les préoccupations sociales. Or, à ma grande surprise, mon professeur battit en retraite au moment où j'évoquai l'extinction du paupérisme sous le Second Empire ; les arguments lui avaient manqué, le combat cessait faute de munitions – et je réalisais par là combien la culture était déterminante ; elle allait me permettre de l'emporter dans la discussion, et de faire triompher mes idées par l'exemple. Grande révélation.

1972 toujours. Je me rends compte, en retraçant la genèse d'une passion, que ce sont les photos qui m'y ont amené. De cette année-là date en effet un autre cliché marquant pour moi : celui des noces d'argent de la reine Elisabeth II avec le prince Philip d'Edimbourg. Quelles qu'aient pu être, dans les débuts, les difficultés d'une union dont je ne savais pas grand-chose alors, du moins la photo de famille avait-elle grande allure. Comme celle du palais grand-ducal, elle avait été ordonnée avec une science consommée des rangs et des préséances. Les couleurs étaient, au demeurant, plus vives à Londres qu'à Luxembourg, les costumes officiels plus impressionnants, les personnages eux-mêmes mieux campés dans leur rôle. Pour tout dire, on avait misé sur la hauteur des plafonds, l'épaisseur des tapis et la dorure des fauteuils.

Aussi trouvais-je à cette exhibition familiale plus de grandeur et moins de chaleur qu'à la première ; elle se voulait trop pompeuse, sans doute. La famille royale d'Angleterre m'intéressait, bien sûr, et je me fis un devoir, comme de coutume, de mettre un nom sur chaque visage… En même temps, je trouvais à cet ensemble un air distant et comme étranger, ce qui rendait l'identification moins évidente. Tout simplement, je n'étais pas sujet britannique, alors que je me sentais bel et bien luxembourgeois de cœur…

Le goût de l'histoire m'avait ouvert des horizons dans le temps ; celui des cours étrangères m'en ouvrait d'autres dans l'espace. C'était moins un souci d'élucider qui prévalait cette fois qu'un irrépressible appétit de connaissance. Les années passant, j'en étais venu à tout savoir, ou presque, sur la vie des familles royales d'Europe – un peu comme un almanach de Gotha vivant… En colonie de vacances, mes camarades m'appelaient « l'encyclopédie », ce qui n'était ni si flatteur ni si méchant que ça pourrait le paraître.

J'aborde ici un épisode en marge du sujet, mais qu'il me faut raconter maintenant. Après tout, si je ne me libère pas aujourd'hui des mauvais souvenirs qui m'encombrent, quand le ferai-je ? Il s'agit, vous l'avez compris, de ces satanées colonies de vacances. Nous y avions droit chaque année, sans rémission possible, et sans qu'on n'ait jamais pris la peine de nous motiver le moins du monde. « Votre père et moi, disait ma mère, nous vous supportons déjà dix longs mois. Alors pendant les vacances, c'est heureux que vous nous fichiez la paix ! » Je me dis aujourd'hui que mes parents ne se vivaient pas avant tout comme parents ; ils formaient d'abord un couple, un vrai, auquel des enfants étaient venus se greffer ; aussi n'entendaient-ils rien sacrifier de leur existence à la nôtre.

Content ou pas, je devais donc subir la colonie. L'expérience était censée nous faire « un bien fou » et nous tremper un peu le caractère. Ce que mes parents étaient loin d'imaginer, c'est que cette longue séparation, et tout ce qui l'accompagnait, me causait une véritable douleur. Moins fragile, à l'évidence, mon frère ne partageait pas mes angoisses ; et il supportait mal que je profite des circonstances pour tenter de le materner. Je me revois, en pleine gadoue, rangeant ses affaires, ce qui l'agaçait. A la maison, pour ne pas encourir les foudres maternelles, nous étions contraints de ranger notre chambre et, souvent, je lui épargnais cette corvée en échange d'un devoir de maths. Par tous les moyens, même dans un camp scout perdu en Savoie, près du lac d'Aiguebelette ou au cœur de la Bretagne, je tentais maladroitement de reconstituer le cercle familial dont on voulait me priver. Rien ne fâchait plus mon aîné que de m'apercevoir, courant après lui sous la pluie pour l'abriter sous mon coupe-vent et lui épargner un rhume – tout cela l'excédait tant qu'il prit garde, les années suivantes, à ce que nous partions chacun de son côté ; cela devait m'enfoncer un peu plus dans cet isolement qui devenait mon lot de tous les jours. Si, au retour de « colo », tous vantaient le rangement parfait de ma valise en comparaison de celle de mon frère, je devais essuyer les remontrances de mes parents pour mes lettres truffées de fautes d'orthographe – qui m'avaient, du reste, privé de colis de friandises – ou pour mon décompte d'argent de poche largement déficitaire ! C'est dire que très tôt je me suis senti prisonnier d'un mur d'incompréhension. Ma famille elle-même semblait liguée contre moi ; aussi lorsque mon frère me traitait de « poule mouillée » ou de « petite nature », lui rétorquais-je vertement qu'il n'était, à mes yeux, qu'un « suppôt des tyrans ».

1975. Les magazines diffusent tous la photo du futur – et très prochain – roi d'Espagne. Dans le même temps, les bulletins d'information évoquent tous l'agonie interminable du Caudillo. A douze ans maintenant, je suis en âge de saisir certains enjeux politiques. Et sans savoir vraiment ce qu'a fait Franco dans le passé, je sais qu'il est un dictateur ; cela suffit à me le faire honnir. Je sens qu'il était de la même veine que Mussolini, sinon de celle d'Hitler. Et l'on m'a expliqué qu'il avait attenté aux libertés individuelles, ce qui, dans mon jeune esprit, est intolérable. L'éducation que j'ai reçue de mes parents a toujours mis en avant, comme des valeurs sacrées entre toutes, la démocratie et le respect des libertés. Je n'ai donc qu'une hâte : que l'attente s'achève, que Franco disparaisse, et que le prince d'Espagne, comme on l'appelle alors, remonte sur le trône de ses ancêtres !

On l'aura compris : ce qui m'intéresse surtout dans cette affaire, c'est l'avènement d'un roi nouveau. Le jeune prétendant est de sang Bourbon ; il est le mari de la princesse Sophie de Grèce, avec laquelle il forme un couple moderne, doté de trois beaux enfants. On voit partout des photos de leur paisible vie familiale. Lors d'un récent voyage aux Etats-Unis, le prince a clairement laissé entendre qu'il ne fallait pas compter sur lui pour prolonger le mouvement national de Franco. Dès son avènement, la démocratie effectuera un retour spectaculaire en Espagne – aussi les plus pessismistes lui prédisent-ils un règne des plus brefs… Je ne suis pas de ceux-là, loin s'en faut – l'avenir me donnera mille fois raison. Et je ne taris pas d'enthousiasme dans mes lettres à la tante lyonnaise...

Pour moi, monarchie et démocratie sont les deux faces d'une même médaille. En cela, je me distingue essentiellement de tous ceux qui sont venus au royalisme par l'idéologie maurrassienne et son vecteur, l'Action française. Le royalisme traditionnel, en France, parce qu'il vise à la restauration d'un régime du passé, donc à une forme de réaction, s'inscrit dans la droite ligne de la pensée « ultra ». Ce n'est pas mon cas, pas du tout. Dépourvu de toute tradition familiale de ce côté-là, sans utopie ni préjugé, je suis venu à la monarchie par un tout autre chemin. J'ai grandi dans cette idée au sein du cadre apaisé du grand-duché du Luxembourg, sans que le système monarchique se soit jamais éloigné, pour moi, des principes modernes de démocratie et de liberté. Mon expérience de la monarchie ne procède aucunement de la nostalgie ; elle ne se conjugue pas au passé, mais s'inscrit au contraire dans le présent le plus actuel.

J'entends encore, à la radio, la voix de l'aboyeur annonçant, avec un accent qui roulait comme les tambours au loin : *« El Rey Juan Carlos de Borbon y Borbon ! »* J'avais trouvé mon idole. Cela me transportait de joie. Le nouveau roi d'Espagne était devenu mon héros, au même titre que l'était Bob Morane pour mes camarades. L'un d'eux, Pierre, était le petit-fils de Républicains espagnols, réfugiés au moment de la guerre civile ; lui ne croyait pas aux chances de la démocratie ; le nouveau souverain lui paraissait n'être que la créature de Franco. Parce qu'il ignorait les liens mystiques unissant un roi à son peuple, il ne pouvait croire que Juan Carlos s'affranchirait tout naturellement des carcans dans lesquels aurait pu l'emprisonner son éducation. Nos débats étaient passionnés sur la question – or ils intéressaient aussi les petits copains. Et je découvrais, stupéfait, que la cause monarchique prêtait beaucoup moins à rire dès lors qu'elle entrait dans l'actualité. On se moquait de moi quand j'évoquais les rois et reines de l'histoire, ou ceux dont le présent n'était qu'un héritage du passé ; mais quand je parlais de ceux qui construisaient le présent, les railleries faisaient place à la curiosité. Cette leçon-là aussi me serait précieuse.

1977. Les cérémonies, très médiatisées, du jubilé de la reine d'Angleterre, enrichiront ma collection de quelques belles photos très colorées. Escortée des grenadiers de la garde et précédée par sa musique, la reine Elisabeth II quitte le palais de Buckingham dans le carrosse d'Etat doré, sorte de chou à la crème rutilant aux larges vitres permettant à la foule de mieux distinguer le sourire réjoui de sa souveraine. Pour la première fois de son règne, Elisabeth s'essaye, avec succès, au bain de foule, n'hésitant pas à franchir les barrières pour aller bavarder avec ses admirateurs massés sur le parcours jusqu'à la cathédrale Saint-Paul, où se déroulera la messe d'actions de grâces. La souveraine porte un ensemble rose guimauve avec une toque de la même couleur, à laquelle sont suspendues vingt-cinq clochettes, symbolisant ses années de règne…

C'est une évidence : la monarchie, parce qu'elle n'est jamais qu'une représentation symbolique, ne saurait se passer tout à fait de pompe et de décorum. Contrairement à ce qu'on voudrait croire ou faire croire, il n'y faut voir aucun goût particulier pour le luxe, nulle vanité, pas la moindre ambition de choquer. Les fastes et l'ostentation ne sont là que pour souligner le caractère emblématique d'une famille, pour magnifier les liens qui l'unissent à son peuple. Tant mieux si le spectacle est joli ; mais ce n'est pas son but – son but est seulement de marquer les esprits, d'imprégner les consciences et de toucher les cœurs. Une manière pour un peuple tout entier de communier selon des rites ancestraux. Une monarchie se doit d'être d'autant plus fastueuse qu'elle est sacrale. Les ors et la pourpre règnent en maîtres au Vatican, cœur de la monarchie pontificale, tout comme à la cour impériale du Japon où les mariages, les couronnements et les funérailles donnent lieu à un déploiement de cérémonies shintoïstes.

Certes, comme toutes les monarchies d'Europe, la couronne britannique a évolué depuis plus de vingt ans. Moi aussi. La pompe royale, hiératique et lointaine, ne suffit plus à mes attentes si elle étouffe les membres de la famille royale, en qui j'aimerais trouver des figures plus humaines, plus accessibles. A Londres, l'heure est aux réformes, dans une quête de simplicité et de transparence. L'exemple espagnol aurait-il fait des émules ? Deux sentiments contradictoires m'étreignent pourtant. Alors que beaucoup connaissent des difficultés économiques, et que nous sommes tous les jours les témoins impuissants de drames sociaux, il me paraît parfois indécent de contempler l'étalage d'un luxe « royal » dont le coût est aussitôt dénoncé (même si, à ce jour, la monarchie britannique est en passe de s'auto-financer et ne coûte guère que trente-cinq centimes par an à chaque sujet). Mais n'est-ce pas aussi dans ces périodes difficiles que nous cherchons tous à nous évader par le rêve ? Comme l'écrivait en 1867 le conseiller de la reine Victoria, Walter Bagehot : « Il y a des gens favorables à la suppression de la Cour, et il y a des gens favorables à l'entretien d'une Cour somptueuse, mais personne n'est favorable à une Cour minable. »

Premières émotions royales

Septembre 1978. Le Luxembourg me poursuit : le grand-duc et la grande-duchesse sont à Paris, en visite d'Etat. La ville pavoise, et tout le monde se demande quel est ce drapeau, tricolore comme le nôtre, mais dont les bandes, horizontales et le bleu, plus clair, en sont comme une variante atténuée. De fréquents voyages et les cartes postales de mon grand-père m'entretiennent dans la familiarité du petit pays ; et c'est avec passion que j'ai suivi, en janvier 1976, la célébration des quatre-vingts ans de la grande-duchesse Charlotte et, en avril de cette année 1978, les festivités organisées à l'occasion des noces d'argent de son fils aîné et sa belle-fille. Célébration, festivités... Encore faut-il faire la part des choses : le Luxembourg demeure un gros bourg de l'Est, et si les messieurs y lèvent encore leur chapeau sur le passage de leur ancienne souveraine, les effusions publiques n'y sont guère de mise. C'est à peine si l'on crie « Vive, vive, vive ! » à l'approche des cortèges de fête, avant de rentrer tranquillement chez soi ! A Paris, tout est différent ; les amitiés s'y veulent démonstratives... Cette visite de mes grands-ducs va marquer une étape décisive dans l'éclosion de ma vocation. Pour la première fois en effet, je vais me porter, délibérément, au-devant de l'information.

Je me rappelle encore tous les détails de cette décision, bien modeste en apparence, mais qui pour moi revenait à franchir le Rubicon. Nous habitions alors non loin du parc Monceau, rue Théodore-de-Banville. C'était peu après la rentrée scolaire, un vendredi matin, et il flottait dans l'air comme un avant-goût de week-end. Pour rejoindre le lycée Carnot, j'avais décidé d'emprunter, non l'habituelle rue Jouffroy, mais la rue Cardinet qui faisait figure, à mes yeux, de chemin des écoliers. C'est là que je découvris, maintenue par des pinces à linge à la devanture d'une buraliste, la couverture du *Point de Vue* du jour, dont le gros titre annonçait : « Numéro spécial : la visite en France des grands-ducs de Luxembourg. » Je n'eus même pas le temps d'hésiter ; d'un seul mouvement, j'étais entré, j'avais saisi la revue, je l'avais payée et j'étais ressorti en la cachant dans mon sac. Le cœur battant, je rejoignais déjà le lycée d'un pas léger, m'arrêtant tous les trente mètres pour vérifier que mon bien ne s'était pas envolé. Je ne possédais pas grand-chose alors, mais j'étais bien certain que ce numéro spécial était ce que j'avais jamais détenu de plus précieux.

La vraie révélation ne vint qu'après un examen plus détaillé. Sidéré, je découvrais en effet qu'il existait un hebdomadaire présentant l'actualité telle, exactement, que je l'avais rêvée. J'y trouvais à la fois la proximité d'un album de famille et le luxe de détails d'un armorial. Quant au couple grand-ducal, tout ce qu'on en disait trouvait en moi un écho immédiat. L'article principal était intitulé : « Quarante ans de liens privilégiés avec la France. » Sous le thème de la réciprocité, on y relatait les visites de la grande-duchesse Charlotte au président Lebrun en 1937, puis au général de Gaulle en 1961 et 1963 ; les voyages au Luxembourg du président Coty en 1957 et du président Pompidou en 1972. Au passage, le chroniqueur faisait remarquer que les visages changeaient beaucoup plus souvent ici que là-bas...

Désormais, chaque vendredi, je me précipiterais pour acheter *Point de Vue* et m'approprier ses drapeaux et ses armoiries, ses couronnes et ses rubans royaux. Je glisserais la mince revue, pleine de couleurs en couverture, entre mon cahier de textes et mon classeur ; et j'attendrais impatiemment d'être de retour à la maison pour en éplucher chaque article, enfermé dans un cagibi – comme s'il me fallait dissimuler une mauvaise action. Pudeur excessive ou crainte des moqueries de mon frère : il n'était pas question pour moi de dévorer cette chronique royale autrement qu'en cachette et dans le silence, comme on l'aurait fait d'un ouvrage interdit.

Avec *Point de Vue,* je m'ouvrais à la dimension mondaine de l'actualité princière – sa version « people », comme on dit aujourd'hui. Et si les potins des cours n'éclipsèrent pas ma réflexion sur la monarchie, les rumeurs de mariage ou d'abdication n'en firent pas moins ma délectation. Ma famille grand-ducale elle-même ne fut pas épargnée ; et je partageai, par exemple, l'intérêt des Luxembourgeois pour les perspectives d'union de la princesse Marie-Astrid avec le prince Charles d'Angleterre. Au tout début de la décennie 1980, de grands mariages feraient taire pour de bon les bruits suscités par l'âge des enfants de Jean et Joséphine-

Charlotte : le grand-duc héritier, Henri, épousait Maria Teresa Mestre, une jeune Suisse d'origine cubaine, roturière mais ravissante, ce qui redonnait corps au mythe de la bergère et du prince charmant. Quant à la princesse Marie-Astrid, elle devait épouser l'archiduc Carl-Christian d'Autriche, devant un parterre de têtes couronnées où les souverains régnants se mêleraient aux princes, nombreux, de la maison de Habsbourg. Ce serait surtout l'occasion, pour les photographes, d'immortaliser l'image des deux grands-mères de l'Europe, l'impératrice Zita d'Autriche et la grande-duchesse Charlotte de Luxembourg, assistant côte à côte aux épousailles de leurs petits-enfants.

Le roi et la reine des Belges, le prince et la princesse de Monaco, la reine de Danemark et le prince consort, le prince consort d'Angleterre, et le roi de Norvège, et la reine des Pays-Bas, et la reine d'Espagne elle-même… Les grandes réunions du Gotha m'intéressaient avant tout par l'éclat royal de leur assistance. Qui viendrait ? Qui ne viendrait pas ? Voilà tout ce qui m'importait. Je me moquais éperdument des toilettes et des chapeaux ; seuls les titres me faisaient rêver, et la majesté qui leur faisait cortège. Sur ce plan, *Point de Vue* comblait mes attentes : on y montrait, dans le détail, toutes les photos des personnalités présentes ; on y retraçait les arbres généalogiques ; on y citait même le cri de guerre des plus anciennes lignées… Je n'aurais pas présenté les choses autrement.

Novembre 1979. Tout le monde, à présent, possède un récepteur de télévision. Même chez mes grands-parents paternels, un poste muni d'une clé trône au milieu du salon. A l'école, la plupart des conversations tournent autour des programmes de la veille ou du lendemain. Tout le monde est devenu « télé » – tout le monde, sauf nous. En vérité, je me passerais bien de cette étrangeté supplémentaire. Et la question, depuis deux ou trois ans, revient à la moindre occasion : « Pourquoi n'avons-nous pas la télévision ? » Las de trouver de bonnes raisons, mes parents ont fini par se dire qu'il ne leur coûterait rien de me promettre un récepteur, en échange « d'excellents résultats scolaires ». Mal leur en a pris. Tout aussitôt, mes notes se sont améliorées comme par miracle. Et, pour un peu, j'aurais presque coiffé mon frère au poteau ! Le jour de mon seizième anniversaire, j'entrais donc furtivement dans le club innombrable des téléphiles – mais non des téléphages. Mes heures de visionnage étaient en effet très réglementées : je ne devais tourner le bouton que les veilles de congé scolaire, c'est-à-dire les mardis et samedis soir. Ces créneaux-là n'étaient pas très propices à l'actualité princière, mais cela m'importait peu : ayant été longtemps privé de tout, je dévorais tout avec avidité – sans me montrer trop exigeant.

Et puis soudain… Un soir de janvier 1980, apparut en gros plan, dès l'ouverture du journal télévisé, le visage de la reine Juliana des Pays-Bas ! Le présenteur annonça que Sa Majesté venait de rendre publique sa décision d'abdiquer en faveur de sa fille Beatrix. Je restai coi un moment : il venait de se passer quelque chose sur « ma » télévision ! Je courus au salon annoncer la grande nouvelle à mes parents qui s'en moquaient bien, et revins devant mon petit écran pour traquer, d'une chaîne à l'autre, la moindre information complémentaire. Faut-il préciser que je restai sur ma faim ?

La date de la passation ayant été fixée au 30 avril suivant, je demeurai, ce samedi-là, rivé devant mon récepteur en plastique blanc, et ce durant cinq heures d'affilée. La télévision d'Etat s'était mise à l'heure d'Amsterdam et l'on avait requis, pour la circonstance, le grand prêtre des pompes royales : l'inénarrable Léon Zitrone. Le premier grand moment de la journée, ce fut, juste après la signature de l'acte d'abdication, cette étreinte émouvante entre toutes, et qu'on n'appellerait plus que le « baiser des deux reines ». Certes, dans les rues voisines, les squatters et les anarchistes manifestaient bruyamment leur opposition au régime. *« Keine Wohning, Keine Kroening ! »* pouvait-on lire sur les calicots complaisamment exhibés devant les caméras – « Pas de logement, pas de couronnement... » Mais à Amsterdam, de telles manifestations n'ont rien que d'assez coutumier ; pour un peu, elles nous rassureraient presque sur la santé politique du pays et de sa capitale culturelle. Et puis, sur la place du Dam, les Orangistes étaient tellement nombreux, tellement fervents ! Quand la reine Juliana apparut au balcon pour présenter sa fille au peuple, et lui faire don d'une nouvelle reine, j'écrasai une larme.

Grâce à la télévision, les transports que j'avais l'habitude de revivre, différés, dans la presse, m'arrivent enfin en direct. Sans délai ni intermédiaire. De la joie pure, soutenue par de beaux symboles : ainsi du filet de pêcheur tendu entre le palais et la Nieuwe Kerk, et sous lequel la nouvelle souveraine passera pour se rendre à la cérémonie de son propre couronnement. Ainsi des paroles du Wilhelmus, scrupuleusement traduites par la voix grandiloquente de Zitrone :

> « Guillaume je m'appelle
> Nassau des Pays-Bas.
> A la Patrie fidèle
> Toujours jusqu'au trépas... »

Le grand Léon s'essaie à la psychologie royale : « Que peut se dire une femme qui va devenir reine ? » Puis il se laisse aller à des accents de lyrisme : « Eh bien, Madame, il va falloir que nous régnions ensemble ! » Je suis partagé entre l'agacement, l'envie et l'admiration pour ce commentateur hors pair. Surtout, je m'attache aux images, à celles que répercutent maintenant les télévisions de l'Europe et du monde : la reine, tout juste couronnée, jette un regard de connivence au prince consort qui, lui, paraît absent, puis adresse à sa mère un petit signe de complicité... Et puis ces larmes de l'ancienne souveraine, à côté du prince Bernard qui lui tient la main ! La télévision est peut-être, par certains aspects, l'instrument maléfique dont mes parents se méfient tant, mais dans des moments comme celui-là, elle devient un merveilleux passeur d'émotions.

L'année suivante, la nouvelle souveraine consacra sa première visite d'Etat au grand-duché du Luxembourg ; mon grand-père, saisissant l'importance pour moi d'un tel événement, se fit un devoir de m'envoyer par la poste le numéro spécial de la revue hebdomadaire luxembourgeoise *Télécran.* Je souhaitais l'archiver précieusement, certain de détenir là un document sans prix. Mais l'icône était vouée à la profanation : un jour où je lui avais

« dévissé les nerfs » – c'est l'expression qu'on employait chez moi pour décrire l'effet que je pouvais produire sur l'entourage –, mon frère, peut-être malmené par les grands concours auxquels il se préparait, se jeta sur mon *Télécran* pour le froisser et le rouler en boule ! Triste souvenir. Je lui souhaitai, sur le moment, d'échouer à Polytechnique… La malédiction ne porta pas, et mon génie de frère intégra l'X du premier coup.

Juillet 1981. La France ne parle que d'alternance, de dévaluation, de nationalisations. Pour moi, je viens tout juste de réussir au baccalauréat quand l'actualité m'offre la plus éclatante des récompenses : un événement royal majeur, de ceux qui débordent le cadre des chancelleries et des revues spécialisées, pour s'en aller toucher un public élargi. Le mariage du siècle – ainsi l'ont baptisé les chroniqueurs – doit unir Charles d'Angleterre, prince de Galles, à la jeune et jolie Lady Diana, fille du comte Spencer. Toute les têtes couronnées se sont donné rendez-vous à la cathédrale Saint-Paul de Londres pour une cérémonie retransmise en mondiovision.

Las ! Les caméras de la BBC, croyant bien faire dans doute, se détournent des rangs bigarrés des majestés étrangères pour s'apesantir sur une foule sympathique, voire touchante, mais terriblement anonyme. Rivé à mon petit écran noir et blanc, je bous d'impatience. Pourquoi ne nous montre-t-on pas mon grand-duc, ma nouvelle reine hollandaise et mon éblouissante princesse Grace ? Comment s'y prend-on pour ne même pas nous donner à voir le beau tailleur Torrente arboré, pour la circonstance, par notre nouvelle première dame, Danielle

Mitterrand ? Rien du tout. Au lieu des délégations, le réalisateur, décidément en veine de pittoresque, nous attarde à l'envi sur le gros roi du Tonga, occupé à s'étaler sur les deux chaises qu'il a fallu accoler pour supporter son poids.

Jusqu'à Léon Zitrone, qui me paraît tout aborder par le petit bout de la lorgnette ! Il faut dire que la grande presse s'est emparée de ce qu'elle croit devoir présenter comme un conte de fées ; et que tout le monde a entonné, en chœur, la romance de la jeune vierge, si fraîche, si pure, que l'amour a guidée vers les sphères radieuses de la famille royale de Grande-Bretagne et du Royaume-Uni… Le plus terrible à mes yeux, c'est que la jeune mariée elle-même, toute d'innocence et de candeur, donne le sentiment de croire à cette version guimauve de l'histoire ! Elle n'est pourtant pas novice à la Cour : descendant de Charles II, même si c'est par la main gauche, sa famille appartient à l'aristocratie la plus distinguée, sa grand-mère, Lady Fermoy, ayant même été dame d'honneur de la reine mère. On aurait dû prendre le temps, et trouver l'occasion, de lui expliquer que devenir princesse de Galles relève, en réalité, de tout sauf du conte de fées.

Si j'avais pu lui parler, j'aurais expliqué à cette adolescente candide qu'en épousant Charles, elle épousait l'Angleterre avec lui, et tout le Commonwealth. Son univers allait s'en trouver vitrifié : ses rêves de jeune fille, sa liberté, sa vie personnelle – tout volerait en éclats ; indissociablement unie à cette couronne millénaire, elle allait devoir affronter les affres d'une existence exhibée tout entière au public. Je savais, ce 29 juillet 1981, que les Britanniques allaient « bouffer du Diana » chaque matin au breakfast ; je savais bien que toutes ces histoires de conte de fées n'étaient que des chants de sirènes – et le premier des mauvais services rendus par la presse à sa nouvelle victime. En vérité, le comte Spencer allait mener sa fille à l'autel comme Agamemnon avait conduit Iphigénie au sacrifice. Le sacrifice ! Voilà bien un mot qu'on aurait aimé entendre en ce jour d'hypocrisie sucrée, où les mieux au fait des mystères de la monarchie se laissaient aller à entretenir les rêves débiles des midinettes !

Autrefois, l'on sacrifiait une vierge aux dieux pour les rassasier et obtenir qu'ils laissent en paix les autres membres de la communauté. C'est toujours ainsi : pour que le grand nombre s'endorme tranquillement, il faut qu'il y ait un petit nombre qui soit dans l'intranquillité. Je ne suis pas en train d'écrire que les rois sont des boucs émissaires ; je considère seulement qu'ils doivent être considérés comme les incarnations, en bien et en mal, de l'entité informe en soi qu'est une nation.

Dans le cas de la famille royale d'Angleterre, c'est encore plus fort ; par la banalité de ses membres, elle s'apparente absolument à Mr et Mrs Smith. André Maurois écrivit, au moment des funérailles de George V, qu'il aurait fallu inscrire sur sa tombe : « Ci-gît l'Angleterre. » On ne pouvait mieux dire, en effet. Les Windsor incarnent les vertus et les valeurs de leur drôle de pays. Il faut les avoir vus se promener dans la lande, suivre leurs chiens crasseux ou contempler leurs chevaux sur fond de châteaux moisis ; quand la reine elle-même, en robe de tweed, porte sur la tête un foulard Hermès noué en fichu… C'est ça, l'Angleterre, c'est chic et paysan tout à la fois. Et ses « royals » sont au diapason, parfaitement représentatifs, éloignés des saints et des génies, mais pas plus proches des filous pour autant. Diana n'avait pas tout compris...

Les rois ne sont ni meilleurs que leurs sujets, ni plus mauvais qu'eux. Ils sont là pour s'offrir en miroir à la société, non en exemple ou en modèle à suivre. La notion de l'exemplarité des souverains est une invention bourgeoise du dix-neuvième siècle – c'est la transposition, dans les institutions monarchiques, des principes de vertu sociale arborés par la classe au pouvoir depuis la révolution industrielle. Or, il est temps, je crois, d'en revenir : il serait injuste de réclamer des souverains qu'ils évoluent avec leur époque, et de leur refuser en même temps le bénéfice desdites évolutions... C'est déjà leur demander tellement que de donner leur vie intime en sacrifice à la cause nationale. Décidément, Diana n'avait rien compris du tout.

Je me dis aujourd'hui que si je suis plus sensible que d'autres à cette notion de sacrifice, c'est peut-être un effet de mon éducation. Après tout, ma mère n'était-elle pas une reine omnipotente, et qui m'aura pénétré du sentiment que tout ne s'obtient que par le sacrifice, l'effort et l'abnégation – tout, à commencer par l'affection des siens ? J'avais tôt appris qu'on ne mérite le respect des autres qu'en accomplissant son devoir – tel est bien la règle que se chargea de m'enseigner une mère qui l'avait adoptée pour elle-même. En bon petit soldat, je m'y suis soumis – mais pas sans regimber néanmoins, et jamais sans faire entendre, en toute circonstance, une petite voix séditieuse. Paradoxe de ma position : je remettrais toujours en question l'autorité que je m'appliquais à servir ;

toujours je contesterais cet ordre que je contribuais moi-même à renforcer.

Septembre 1982. A ma sortie de prépa HEC, il me fallut essuyer un nouveau rite de passage : celui du stage ouvrier. Comme si deux mois de pratique bien lourde avaient eu le pouvoir de diluer un an de théories trop aériennes… Je n'étais cependant pas le plus mal loti : mon père, qui travaillait pour une compagnie pétrolière, m'avait en effet trouvé un stage assez tranquille dans une entreprise de Gennevilliers. J'y effectuais un travail basique, au milieu des « cols bleus »… Heureusement, j'avais reçu une éducation me permettant de me sentir à l'aise dans tous les milieux ; le courant passa tout de suite avec mes collègues, et je n'ai pas eu à souffrir d'une quelconque mise à l'écart.

Simplement, j'avais remarqué qu'à table, lors de la pause de la mi-journée, toutes les conversations tournaient autour des programmes télé de la veille. Aussi me fis-je un devoir, pendant tout le temps du stage, de passer mes soirées devant le petit écran, à la recherche du film ou de l'émission qui me lierait vraiment à la conversation du lendemain. Peine perdue ! Jamais je n'ai pu trouver le fameux programme qui, invariablement, avait pourtant fait l'unanimité dans l'atelier. A croire qu'il me manquait une antenne – s'il l'on ose dire – et que je n'étais pas doué pour le consensus.

Une seule fois, je pus entrer de plain-pied dans la conversation et partager sans me forcer l'émotion générale : et ce fut au moment où un accident de voiture coûta la vie à la princesse Grace de Monaco. Une fois encore, un événement princier parvenait à faire communier tout le monde, sans distinction sociale ou culturelle, dans une même tristesse, universellement partagée.

Je me souviens du choc de la nouvelle. Je rentrais de ma journée à l'usine quand je découvris, en dernière page du *Figaro*, une information au conditionnel selon laquelle la princesse Grace aurait réchappé de justesse à un accident de la route. Quelques heures plus tard, cette version optimiste avait été démentie ; et le monde apprenait, bouleversé, la mort d'une princesse de légende. L'événement me plongea dans l'affliction. Je devais suivre, le samedi, les terribles funérailles de Grace, sous le soleil tragique, antique, implacable, de Monaco – la peine des Monégasques, l'effondrement du prince, l'absence poignante de Stéphanie... Je n'étais pas assez abattu cependant pour négliger de scruter, au détour d'une image, les rangs des délégations étrangères – beaucoup de femmes à cet enterrement, dont la nouvelle princesse de Galles à côté de Nancy Reagan...

La mort d'une princesse touche forcément l'inconscient collectif en profondeur ; car c'est toujours, d'une façon ou d'une autre, la disparition d'une figure incarnant un idéal féminin. Grace avait été l'âme de sa principauté ; on la disait épouse difficile et mère abusive ; du moins n'avait-elle manqué à aucun des devoirs de son rang, ce qui est remarquable lorsqu'on songe à ses origines américano-irlandaises et à sa carrière hollywoodienne.

Les grands destins de femmes m'avaient passionné dès l'enfance, notamment à travers les films cultes de Romy

Schneider : *Katya, les jeunes années d'une reine,* la trilogie des *Sissi*... Ils m'ont conduit à assimiler la femme à l'amour, à l'élégance, au côté « glamour » de l'existence – mais plus encore à la vie pure et simple. C'est parce qu'elles donnent la vie, la transmettent et l'entretiennent, que les reines et les princesses me paraissent, bien plus que les rois ou les princes, faire battre le cœur de la monarchie, en lui conférant l'immortalité. Les femmes savent, tellement mieux que les hommes, se plier aux obligations de la destinée !

La reine mère d'Angleterre a coutume de dire que « nous avons tous un loyer à payer sur terre ». Elle-même n'incarne-t-elle pas, par sa position autant que par sa longévité, les notions, monarchiques entre toutes, de devoir et de transmission ? Il est possible que, sous les dehors d'une charmante grand-mère aux coiffures un peu excentriques et aux charmants péchés mignons (le chocolat, le gin-Martini et les paris risqués aux courses), se cache une vieille dame indigne, qui laissa interner sans mot dire deux de ses nièces – Katherine et Nerissa Bowes-Lyon, handicapées mentales – pour préserver l'image parfaite et lisse de sa famille, et faisait retoucher les photos de Cecil Beaton pour y paraître plus mince. Cela n'enlève rien à la force de sa présence, ni à sa capacité d'assumer son rôle et son destin. Quelle allure, tout de même ! N'oublions jamais l'image de cette reine impérieuse qui, à l'époque du Blitz sur Londres, prenait encore la peine d'arborer un grand chapeau et trois rangs de perles pour aller soutenir, dans les rues dévastées, ses sujets malmenés par les bombardements allemands. Quelle allure, et quel cran ! A ceux qui s'étonnaient de son élégance parmi les pauvres des quartiers déshérités du West End de Londres, elle répondait : « S'ils venaient nous voir à Buckingham, je suis sûre qu'ils porteraient leurs plus beaux habits. » Près de cinquante ans après la mort du roi George VI, « Queen-Mum » continue d'enchanter les Anglais ; elle vient de franchir sans encombre le cap du nouveau siècle. Déjà, elle savoure les répétitions des cérémonies qui devraient, le 4 août 2000, marquer son centième anniversaire. Pour ma part, j'ai le sentiment que nos voisins d'outre-Manche ont besoin de garder, bien vivante parmi eux, cette reine-monument qui incarne l'histoire de la nation des cent dernières années. Lorsqu'elle disparaîtra, ils la pleureront amèrement : ils auront l'impression d'avoir vieilli d'un siècle !

J'ai passé sous silence, jusqu'ici, deux événements tragiques de l'année 1979. Le premier, unanimement déploré, fut l'assassinat de Lord Mountbatten, cousin de la reine et parrain de son fils aîné, dernier vice-roi des Indes et grand personnage de l'Empire. L'attentat dont il fut victime scandalisa le monde, sans qu'on insiste assez, à mon sens, sur sa dimension symbolique. Le crime de lèse-majesté fait sourire notre République un peu déboussolée ; mais ceux qui savent combien une famille royale peut incarner l'identité nationale partageront la révulsion collective que devrait toujours susciter un crime de cette nature. Comment oublierais-je ce drame qui me révolta ? Sans trop mesurer ce que j'en ferais plus tard, j'amassai consciencieusement toutes les revues qui consacraient leur une à l'événement, partageant même l'émotion du prince Charles, lorsqu'il versa des larmes en rendant hommage à son cher « Oncle Dickie ».

L'autre événement, nettement plus controversé, fut la chute du Shah d'Iran. Pour ma part, je n'hésite pas à dire qu'elle me consterna. Non que j'aie nourri, dès cette époque, la moindre illusion sur le caractère autoritaire, souvent injuste et parfois violent, du régime en vigueur à Téhéran. Mais plus que le fastueux ordonnateur des festivités de 1971 à Persépolis, c'est le souverain éclairé que je regrettais au moment où les ayatollahs instituaient leur dictature obscurantiste. Qu'on le veuille ou non, Mohammad Reza Pahlavi avait fait entrer son pays dans la modernité, sans se départir pour autant de l'éclat immémorial attaché à la couronne du roi de Perse...

L'image me reste d'un homme malade, fuyant son pays insurgé, se hissant à regret dans l'avion de l'exil, après qu'un officier de la garde se fut jeté à genoux pour lui baiser la main. Et le sourire, si dérisoire diront certains, mais si impérial encore, de l'impératrice Farah... Pour moi, le Shah, c'était un peu Louis XVI. Et comme Louis XVI, tout le monde l'abandonnait plus ou moins. Je devais lire et relire le bel ouvrage qu'il publierait avant de mourir : *Réponse à l'Histoire.* Et comme, en plus des timbres et des cartes postales, je m'étais mis à collectionner les citations, j'en retins plusieurs de cet empereur déchu – elles figurent en bonne place sur mon cahier, derrière deux autres, choisies pour l'inaugurer.

L'une rappelait les derniers mots de Louis XVI : « Je meurs innocent de tous les crimes qu'on m'impute. Je pardonne aux auteurs de ma mort et prie Dieu que le sang qu'ils vont répandre ne retombe jamais sur la France. » Dire que les tambours de Santerre avaient couvert la fin de ces paroles sublimes ! L'autre phrase était de Marie-Antoinette, prononcée quelques mois plus tard dans les mêmes affreuses circonstances : « Mes maux vont finir, avait dit la reine ; les vôtres vont commencer. »

Un bouquet de lys pour la France

Marie-Madeleine, baronne de Rasky, aimait les lys blancs et les reliques royales. L'appartement qu'elle occupait rue Rembrandt, sur la plaine Monceau, regorgeait des uns comme des autres : on y était saisi du souvenir de Marie-Antoinette en même temps que du parfum entêtant des fleurs fraîches. C'est par son neveu que j'avais été présenté à la maîtresse de maison. Petite, enveloppée, mais d'un naturel vif et plein d'entrain, la baronne régnait sans partage sur le cercle de ses habitués, ce qui faisait d'elle une sorte de Mme Verdurin, version monarchiste. Comme les autres fidèles, je fus bientôt mis en coupe réglée ; et c'est tiré à quatre épingles, un sourire empressé et quelques compliments aux lèvres, que je me précipitais chaque samedi pour être le premier à lui baiser la main. Sous les poses du jeune dandy perçaient en vérité – je le sentais bien – de vaniteux penchants bien salonnards.

Tenante acharnée de la thèse « survivantiste », la baronne de Rasky s'évertuait à démontrer, à qui voulait l'entendre, que le malheureux Louis XVII n'était pas mort sous la Terreur, mais que, sauvé dans des circonstances épiques, il avait donné le jour, après la Révolution, à toute une lignée de princes de l'ombre, et dont elle se chargerait de ramener en pleine lumière les descendants ultimes. Elle avait été jusqu'à commettre deux ouvrages, l'un sur l'Enfant du Temple lui-même, l'autre sur sa sœur Madame Royale, rebaptisée « Comtesse des Ténèbres ». « Personne ne sait ce que je vous dis là, murmurait-elle entre deux révélations. Nous ne sommes qu'une poignée à connaître les dessous de l'affaire. » Quelle n'était pas, grands dieux, ma joie de compter au nombre de ces « happy few » ! J'en éprouvais le sentiment doucement élitaire d'avoir seul, ou presque, accès au dessous des cartes.

Surtout mon orgueil se flattait, à quinze ans, de découvrir ce que je croyais être le fin du fin de la mondanité. J'avais toujours envié, au cinéma, l'aisance dont faisaient assaut certains personnages du grand monde. Les matinées de la baronne – « une vraie baronne », précisais-je aux copains d'école – me permettaient de jouer ce rôle à mon tour, et en grandeur réelle ; d'une certaine façon, j'étais entré dans le film ! C'est peu dire, dès lors, que je mettais de l'application à bien tenir ma partie. Au reste, je n'étais pas le seul : toute la vieille France, me semblait-il, s'était donné rendez-vous rue Rembrandt – cette bonne France nostalgique et volontiers passéiste, avec ce qu'elle avait de grand certes, mais aussi de petit… J'avais beau m'étourdir, je ne pouvais m'empêcher de sentir, sous la courtoisie générale, les ferments aigres de dérives extrémistes. Et le parfum des lys blancs ne parvenait pas toujours à masquer, à mes narines il est vrai fort sensibles, les relents sulfureux de la réaction.

Le rêve, en fin de compte, devait se briser sur une réalité bien prosaïque. A l'occasion d'une soirée plus relevée encore que de coutume, la baronne se fit un honneur, en effet, de nous présenter celui qu'elle tenait pour l'incontestable descendant de Louis XVII, Charles-Louis Naundorff, et son épouse – en fait un couple assez commun de gentils Québécois, dont personne, jamais, n'aurait eu l'idée de faire un roi et une reine… Le prétendu successeur de Louis XVI était un bon gros, dans le genre de son aïeul, quoique d'un port moins noble, assurément ; comme lui, il tendait à garder, en parlant, la main sur l'estomac. Quant à la prétendante : « Excusez-moi, nous dit-elle assez vite avec l'accent de Montréal, j'ai mal aux pieds, je retire mes chaussures… » Elle se déchaussa, en effet, sans autre forme de procès. Je n'avais rien, naturellement, contre la simplicité des Grands – jusqu'à un certain point néanmoins. Ce soir-là, tout s'effondra. Les masques tombèrent. Prudent, je gardai ma déception pour moi ; et je fis, quelque temps encore, semblant de croire à tout pour complaire à la baronne… Simplement je n'avais plus foi dans cette thèse survivantiste, au demeurant trop anecdotique pour satisfaire longtemps ma quête de légitimité.

La baronne de Rasky tomba dans un escalier à quelque temps de là et se cassa le col du fémur. Récusant la médecine et ses secours trop rationnels, notre égérie préféra s'aliter chez elle, munie seulement d'images pieuses et de saintes reliques : ses os ne devaient se ressouder que par l'intercession de nos prières. Au lieu de quoi la gangrène se mit dans la jambe et emporta la baronne dans la tombe… Cette mort absurde, entourée des complaintes hystériques des mystico-dinguos de service, entraîna pour moi celle d'une conception bancale – et inutilement clandestine – de la monarchie.

Mes parents avaient suivi d'assez loin cette incursion de leur cadet dans un cercle naundorffiste. Pour l'essentiel, ils y avaient vu la conséquence innocente d'un goût prononcé pour une Histoire abordée sous l'angle de la chronique royale. Coïncidence : au tournant des années quatre-vingt, nous avions emménagé dans un bel appartement prenant jour sur les frondaisons du square Louis-XVI et le toit de la Chapelle expiatoire. Plus encore qu'un symbole, j'y décelai tout de suite un poste d'observation imprenable.

Chaque année en effet, le dimanche suivant le 21 janvier, j'allais pouvoir assister, depuis ces premières loges, aux à-côtés de la messe anniversaire de l'exécution du roi martyr. J'ouvrais grand les fenêtres ce matin-là, et me penchais tout à fait pour entendre les accents assourdis de la messe en latin ; pour scruter aussi les allées et venues des représentants légitimistes. Une fois, m'armant d'un peu de courage, je suis même descendu me mêler, en bas, à la troupe des badauds. Mes regards cherchaient, plus que d'autres, la silhouette altière de monseigneur Alphonse de Bourbon. A mes yeux, ce grand prince était incontestablement l'aîné de la branche aînée, donc le plus digne d'incarner la continuité monarchique en France. Mon cœur me portait vers lui d'un élan naturel, même si ma raison, avertie des subtilités dynastiques, dont le fameux « vice de pérégrinité » – et surtout consciente des réalités politiques –, inclinait plus froidement en faveur de la maison d'Orléans.

Quand l'heure me parut venue de passer vraiment à l'action, ou tout au moins à un premier engagement formel, j'ouvris le *Quid* et recopiai les adresses des deux principales formations dans lesquelles le royalisme français s'incarnait alors. D'instinct et d'expérience, j'écartai tout de suite l'Action française, de tradition maurrassienne, non seulement pour ses affinités avec l'extrême droite, mais aussi parce qu'elle procédait, à mes yeux, d'une démarche essentiellement doctrinaire. Moi qui étais venu à la monarchie par la tranquille pratique luxembourgeoise, je me retrouvais peu dans les conceptions froides d'un régime considéré sous le jour éthéré de la théorie politique.

Restait donc la Nouvelle Action Royaliste de Bertrand Renouvin, qu'on disait de centre gauche, et plus pratiquement fondée sur le soutien à l'action et à la pensée du chef de la famille d'Orléans. Je m'inscrivis une première fois, m'éloignai un moment, puis revins à la charge... L'élection présidentielle de mai 1981 ne fit que renforcer en moi le sentiment criant des carences du régime républicain : comment pouvait-on sérieusement envisager de confier, à l'issue d'un premier match, l'arbitrage de tous les autres au capitaine de l'une des deux équipes en lice ? Dans la légitimité à conduire l'Etat au niveau symbolique, trois onctions me paraissaient indispensables : celle du peuple, naturellement, et le suffrage universel me semblait le meilleur moyen de l'exprimer ; celle aussi du service rendu à la Nation, dont on oublie trop souvent la nécessité ; enfin, et plus généralement, l'onction de l'Histoire, celle des dix ou douze siècles au cours desquels s'est bâtie la France que nous aimons.

Mon adhésion à la NAR me confirma dans l'idée qu'un seul homme était alors en mesure de réunir ces conditions immanentes : et c'était le comte de Paris. Au moment de l'inscription, les nouveaux membres recevaient une brochure intitulée : *Le Comte de Paris ou la passion du présent.* Les grandes lignes de la pensée du chef de la maison de France s'y trouvaient résumées. Elles me rendirent espoir dans l'avenir politique et me donnèrent envie d'en savoir plus. C'est alors que je me plongeai dans les *Mémoires d'exil et de combat,* eux aussi publiés avec le concours des amis de Bertrand Renouvin. J'y découvris des passages comme celui-ci, qui devait rejoindre bien vite les citations de mon petit cahier : « Si une restauration monarchique pouvait un jour être envisagée en France, confiait le Prince, j'avais acquis la conviction qu'elle ne saurait être la résultante des regrets éternels du passé, de critiques sans nuances de la société existante. Humaine et sociale, la monarchie ne pouvait naître d'illusions ni s'en nourrir. Le roi de tous les Français, voilà bien la clé de voûte de la notion monarchiste. »

Cette vision moderne et démocratique, ancrée dans le présent, sans idée de revanche ni volonté de retour en arrière, c'était celle que je recherchais. « Voilà, me suis-je dit alors, l'homme est là. Je me dois, moi aussi, de le servir. » Non seulement le comte de Paris m'apparaissait comme le seul en position d'assumer l'héritage des rois de France, ses devanciers ; mais il possédait le bagage moral et intellectuel qui l'en rendait digne à mes yeux. Tout ce qu'il écrivait faisait écho en moi, de la façon la plus profonde. J'avais été monarchiste dès l'enfance ; par la grâce du prince Henri de France, je devenais donc maintenant royaliste. Sans hésitation. J'avais aimé ma famille grand-ducale ; j'allais adorer la famille royale de France.

En attendant, c'est une autre famille à laquelle je venais de me lier en adhérant à la NAR : celle que formaient, dans une chaleureuse communauté de pensée, les militants de la noble cause. Après l'indifférence de mes parents pour les questions royales, au-delà des railleries de mes camarades d'école, je découvrais en effet un groupe d'amis qui comprenait mes espoirs et mes peines, et partageait mon principal centre d'intérêt. En même temps, je ne pouvais m'empêcher, à fréquenter les militants royalistes, de les trouver trop attachés à des considérations théoriques, au détriment d'une approche plus humaine et qui me paraissait faire défaut. A quoi servait-il de raffiner sans limites sur les aspects les plus pointus du système politique, si nous n'étions pas capables, avant tout, de rétablir le courant d'amour réciproque qui devait unir le peuple à son roi ?

Juan Carlos avait écrit : « Le vrai patriotisme est de nous soumettre à notre amour pour l'Espagne et non de soumettre l'Espagne à nos caprices ou à nos critères personnels. » Cela me rappelait la phrase de John Fitzgerald Kennedy : « Ne vous demandez pas ce que le pays peut faire pour vous, mais ce que vous pouvez faire pour le pays. » Plus modestement, je me demandais très sérieusement ce qu'à titre personnel je pourrais bien faire pour la cause royale. Il me fallait servir, dans la pratique et par l'action.

C'est dans cet esprit qu'il me vint l'audace d'adresser moi-même un courrier au chef de la maison de France.

Avec la maladresse sûrement touchante de mes vingt ans, j'y témoignai de mon attachement au comte de Paris et le priais de bien vouloir me recevoir en audience pour qu'il m'expliquât en quoi je pourrais lui rendre service. A ma grande joie, la réponse ne se fit guère attendre. Sa secrétaire, Mme Alfred, téléphona dans la semaine pour me fixer un rendez-vous ; une date fut arrêtée pour le 30 décembre 1983.

L'idée de rencontrer celui qui incarnait la monarchie française en tant qu'héritier ultime des Capétiens me transportait de félicité. Les jours qui me séparaient de l'entretien se passèrent dans la fébrilité, à imaginer tous les détails de la rencontre. Or, rien de ce que j'avais prévu n'arriva. Pour commencer, je trouvai le moyen de manquer le train de Creil à la gare du Nord, ce qui me mit dans un état d'anxiété extrême. Il me semblait soudain que c'était toute l'Histoire de France que j'allais faire attendre. Heureusement, mon père ne travaillait pas ce jour-là ; comprenant mon angoisse, il accepta de me conduire à Chantilly en voiture. Sans y penser, je montai à ma place habituelle, à l'arrière, ce qu'il ne manqua pas de me reprocher par la suite ; et c'est vrai que j'avais dû, inconsciemment, trouver qu'il était plus conforme à la solennité du jour de me trouver à l'arrière de l'auto, conduit vers cet important rendez-vous par le chauffeur improbable de mes rêves d'enfance…

Chez le Prince non plus, les choses n'étaient pas comme je les avais imaginées. La Fondation Condé, qu'avait instituée le comte de Paris et dont la présidente était sa célèbre gouvernante, Mme Friesz, était avant tout un hôpital gériatrique – ce qui donnait aux audiences une atmosphère médicale très particulière. Dans la salle d'attente, le seul détail qui pût trahir le caractère royal des lieux était une toile signée de la princesse Diane, duchesse de Wurtemberg, celle des filles du Prince qu'il me serait donné, plus tard, de connaître le mieux. Mme Alfred m'introduisit dans le bureau de Monseigneur, où je fis immédiatement connaissance avec Mme Friesz. Sans assister vraiment aux entretiens, cette éminence grise s'arrangeait toujours pour demeurer à proximité de l'événement, si modeste fût-il.

D'emblée, le comte de Paris me fit la plus forte impression. L'air de grandeur qui émanait de sa personne, la pureté de son regard bleu de France, qui me scrutait avec une bienveillance amusée, et la distinction parfaite avec laquelle il mena cet entretien se gravèrent à jamais dans ma mémoire. J'avais préparé des petites phrases bien senties à lui dire ; aucune ne me revint à l'esprit et je me surpris, après un court instant de gêne, à parler presque librement avec ce monsieur charmant qui cherchait à cerner ma personnalité. La grande simplicité qui présidait à l'échange me paraissait un don du ciel ; j'en oubliai plusieurs fois que je parlais à l'héritier des rois de France, et m'en voulais presque d'une pareille négligence. J'aurais souhaité que cet entretien privilégié ne finisse jamais ; en même temps, j'avais hâte qu'il se termine pour être libre de m'en rappeler tous les détails et jouir du plaisir de le raconter aux autres.

A la fin, Monseigneur me dit qu'il était ravi de ce petit échange ; il m'encouragea à fonder au plus vite l'association dont je venais de lui soumettre l'idée. Puis, me raccompagnant avec l'exquise simplicité dont sont capables les Grands, il me demanda de le tenir au courant et me fit promettre de revenir le voir bientôt. Mes pensées voguaient déjà vers des horizons glorieux. Tout gonflé de l'importance que me conféraient, à mes yeux, ces marques de la confiance du Prince, je ne perdis pas un instant pour travailler à la création de cette association des Amis de la Maison de France (AMF), dont l'objet serait d'entretenir et de développer les liens affectifs unissant les fidèles de la famille aux princes et aux princesses de leur cœur.

Je pus bientôt soumettre les statuts au comte de Paris et profitai de l'occasion pour être présenté à son fils aîné, le comte de Clermont, ainsi qu'à son épouse, la mythique comtesse de Paris, qu'on n'appelait que « Madame ». Je lui rendis visite à son appartement de la rue de Miromesnil, et la trouvai en présence de sa secrétaire, une dame apparemment trop respectueuse et qui ne lui parlait qu'à la troisième personne. Madame m'écouta d'une oreille distraite lui présenter l'association naissante, puis, dans un soupir : « Mon pauvre ami, me dit-elle, vous voulez donc vous intéresser à nous ? Quelle drôle d'idée ! Autant vous prévenir : vous n'arriverez à rien. Mon mari, mon fils, mon petit-fils... Ils ne feront jamais rien de décisif. Ce sont des Orléans, monsieur, cela veut tout dire ! » Plus flatté de sa franchise qu'inquiet de son découragement, je me contentai de sourire à la Princesse, et ne tirai nulle conclusion de sa mise en garde – pourtant judicieuse, ô combien !

La publication de notre naissance au *Journal officiel,* reprise lors d'une polémique dans le magazine *Historama,* suffit, dans un premier temps, à nous attirer l'adhésion d'assez nombreux sympathisants. La NAR elle-même nous apporta son soutien, trop heureuse de pouvoir canaliser enfin l'affection des personnes attachées à la maison de France par le cœur plus que par la raison. Un lien se créait, plus sentimental que rationnel, et plus moral que politique.

Dans la foulée vit le jour une publication, *Alliance Royale*, qui présentait l'actualité des Orléans sous un jour des plus favorables. J'avais dessiné, sur la page de titre, une couronne royale qui me paraissait s'imposer dans la circonstance. Cette utilisation, au demeurant bien innocente, ne fut pas du goût de l'entourage du comte de Paris, qui me fit savoir assez vite que j'avais tout intérêt à y renoncer. Aussi dus-je avaler la première d'une longue, très longue, série de couleuvres – fort variées de genres et de tailles. Que m'importait alors ! Le comte de Paris était mon héros, sans conteste. Il enflammait ma jeunesse d'idéaux très purs et offrait à ma soif d'action les horizons inespérés d'une hypothétique restauration. Le temps n'était pas encore venu des déboires et des dégoûts, de l'écœurement même devant la réalité pitoyable d'une situation que je voulais croire, alors, très brillante.

Pour l'heure, je devenais un étrange « étudiant-TGV ». En 1984 et 1985, tout mon temps libre était consacré à servir la cause du comte de Paris. Autant dire que la rédaction des articles pour *Alliance Royale*, la promotion de l'association visant à recueillir de nouvelles adhésions et les contacts fréquents avec le Prince pesaient bien plus lourd dans la balance que tous les cours de marketing, de finance ou de politique générale de l'entreprise qu'on voulait m'enseigner à l'Ecole supérieure de commerce de Lyon. Tandis que mes camarades se rengorgeaient de devenir un jour l'élite de la France des affaires, je dédaignais cette friandise-là pour me nourrir davantage du bonheur de travailler pour le comte de Paris. Je me souviens d'ailleurs que cela me valut une discussion surréaliste avec le directeur des études de l'école, Bruno Dufour. Au printemps 1985, alors que je devais passer le concours final de l'ESC Lyon, l'historien Georges Bordonove inaugura sa série sur « les rois qui ont fait la France », et je fus convié à un déjeuner, présidé par le comte de Paris, dans un grand hôtel parisien. J'eus le culot d'aller trouver le directeur des études pour lui demander, tout de go, l'autorisation de sécher l'examen final en raison de ce déjeuner, bien plus important à mes yeux que les épreuves de « marketing appliqué à l'entreprise ». Il ne prit pas la chose aussi légèrement que moi et parut même incrédule. Comme à regret, sous la menace d'une disqualification, je me soumis au concours de sortie et rongeai mon frein tandis que mes petits camarades s'appliquaient à leur pupitre. Avec le temps, je ne regrette rien. J'ai toujours préféré aller de l'avant plutôt que m'appesantir sur les regrets d'un passé révolu. Aucun de mes camarades de promotion ne pouvait certainement me comprendre. Ceux qui me connaissaient se moquaient gentiment. J'entends encore leurs railleries. Qu'importe, je savais que je serais seul sur le chemin – encore ce sentiment de solitude. Sur un point, je crois avoir eu tort. Car c'est à Lyon, dans l'enceinte de Sup-de-Co, que je me suis fait mes meilleurs amis. Nos vies sont trop souvent parallèles et la charge de travail m'empêche de les retrouver à mon gré, mais ils me sont restés fidèles, ils n'ont jamais failli dans leur affection, ils ont gardé leur franc-parler et ne font aucune différence entre le Stéphane étudiant et celui d'aujourd'hui. Ces amis

« d'avant » me sont comme une force qui m'entoure de sincérité. Que ferais-je sans eux ?

Au fur et à mesure que l'association des Amis de la Maison de France prenait de l'importance, tant dans le paysage un peu étriqué du royalisme français que dans les médias, je sentais naître la méfiance à mon égard dans l'entourage du Prince. Mon rôle, pourtant, se bornait à activer « le courant d'amour réciproque entre les Français et la famille de France » à travers l'association, sorte de fan-club réunissant les groupies inconditionnels du comte de Paris. Au fil du temps, nous prîmes de l'importance, notamment comme relais des membres de la Famille dans les différentes régions et villes où nous organisions des visites, des conférences, des signatures.

Dans le train qui m'emmenait tous les quinze jours à la Fondation Condé de Chantilly, des sentiments mêlés m'étreignaient. J'étais partagé entre l'excitation de revoir le Prince, et l'angoisse de recevoir un coup sur les doigts pour sanctionner mon audace et mes actions offensives. La tension montait d'un cran entre la gare de Chantilly et la place Maurice-Versepuy, où je ne franchissais jamais le portail d'entrée sans crainte. Je retenais mon souffle. D'autant qu'il fallait d'abord passer sous les fourches caudines de la toute-puissante Mme Monique Friesz, avec sa conversation d'une banalité navrante et son insupportable parfum au muguet. Officiellement, elle était alors la directrice de la Fondation Condé. En vérité, elle régnait dans l'ombre, à Chantilly. Je ne parvenais pas à croire ceux qui prétendaient qu'elle fût la « maîtresse » du Prince, tant le contraste était frappant avec l'élégance naturelle, l'éducation raffinée et le port altier de la comtesse de Paris, écartée géographiquement de son époux depuis 1975. Tyrannique, obsessionnelle, Mme Friesz rendait mes « audiences » particulièrement pénibles, tant ses invectives à l'encontre du personnel hospitalier ébranlaient des murs où l'on aurait espéré davantage de quiétude. Seule la voix onctueuse de Mme Alfred, la secrétaire du Prince, me réchauffait le cœur. Puis la porte s'ouvrait et il fallait s'avancer dans la longue salle du conseil. Derrière la table, m'attendait le comte de Paris. D'un mot, d'un geste, souvent à peine perceptible, il me faisait sentir s'il allait me tancer vertement ou me couvrir d'éloges. Parfois aussi, il biaisait. Je le sentais affectueux, paternel, confiant ; je baissais la garde et, alors, tombait le coup. Je devais garder la tête haute quand, soudain, il m'infligeait une gifle morale qui me meurtrissait. Tantôt, il me reprochait de parler avec des membres de sa famille dont il entendait m'interdire le contact ; tantôt il me tendait un cinglant communiqué que je devais publier, et par lequel il entendait marquer son indépendance solennelle vis-à-vis de notre association. Je relis avec effroi – même si je m'en amuse aujourd'hui – les lettres que m'envoyait le comte de Paris, pour assortir ses marques de confiance de mises en garde menaçantes : « J'espère que nos rapports ne seront connus de personne et s'ils devaient l'être, je serais amené à affirmer mon indépendance à l'égard de tout mouvement monarchiste, aussi sympathique soit-il. » Lorsque je m'armais de courage, je parvenais à me défendre devant lui et arguais que l'indépendance devait être réciproque ! Des années plus tard, je fus contraint de démissionner de la présidence de l'association, régie par la loi de 1901 quelques semaines après y avoir été réélu à l'unanimité. C'était là le fait du Prince.

Pourtant, toutes ces années, j'ai encaissé sans mot dire les coups que l'on prenait plaisir à m'asséner. Et quand j'évoquais devant les royalistes « l'ingratitude des princes », les plus aguerris me répondaient que l'entourage royal, de tout temps, s'en était plaint. Certes, mais je n'ai jamais porté la livrée bleu et rouge des Orléans, et je n'ai jamais été payé pour m'entendre ainsi maltraiter. Ma passion pour le Prince m'aveuglait. Je ne voyais pas les choses, même les plus innocentes, du même œil qu'aujourd'hui. Ainsi, la coutume voulait que nos entretiens matinaux commencent par une tasse de café que Monique Friesz s'empressait de nous servir. Quand le Prince désirait y ajouter un morceau de sucre, elle s'écriait invariablement : « La pince, Monseigneur ! » s'amusant elle-même de son affligeant jeu de mots. Faut-il l'avouer ? Même cela, à l'époque, ne me choquait pas.

C'est en 1987 que les choses commencèrent vraiment à se gâter. A l'occasion du millénaire capétien, le ministère de la Culture avait organisé toutes sortes de commémorations auxquelles s'étaient jointes des cités royales comme Noyon, Senlis, Amiens et, naturellement, Paris. Un timbre avait été frappé pour l'occasion, et même une pièce de dix francs. De son côté, le comte de Paris organisait, à Amboise, une cérémonie qui devait sceller sa réconciliation avec son fils aîné, écarté depuis son divorce avec la duchesse Marie-Thérèse de Wurtemberg et son remariage civil, en 1984, avec Micaela Cousiño Quinones de Leone. Dans les semaines précédant la célébration, le comte de Clermont, accompagné de Thierry de Montaigu, avait fait la navette entre Chantilly et sa maison de la rue Boileau. Avec Bertrand Renouvin, je n'avais pas, de mon côté, hésité à affronter tous les obstacles en vue de réconcilier définitivement les deux parties. En effet, le comte de Paris, après s'être montré intraitable, finissait par admettre qu'il ne pouvait disposer à son gré des lois inviolables de la succession au trône de France.

Les cérémonies d'Amboise devaient réunir, sur les pelouses du château, de nombreux royalistes auxquels Monseigneur avait prévu d'adresser un message. Dès l'aube, je m'étais présenté à ce grand rendez-vous ; on montait en voiture jusqu'à la porte des Lions, d'où l'on accédait directement à l'arrière du monument… Je m'étais retrouvé dans le bureau du Prince, où venait d'être replacé le somptueux portrait de la duchesse d'Orléans par Mme Vigée-Lebrun, restauré avec tant d'art que cette princesse semblait présente à nos entretiens. Je retrouvai les deux princes face à face : le comte de Paris et son fils aîné, le comte de Clermont. Il régnait une tension formidable, liée à un événement imprévu : en effet, la première épouse du comte de Clermont venait de s'annoncer en compagnie de ses deux fils, et menaçait de se retirer avec eux si son ancien mari demeurait dans la place.

Avec le recul, je mesure toute la petitesse d'une situation digne d'un vaudeville. Mais à l'époque, immergé dans le contexte d'une célébration que nous aurions voulu placer sous le signe de la réconciliation, ce coup de théâtre me fit l'effet d'un événement historique. Entre nous, nous ne devions plus l'appeler, d'ailleurs, que la « Journée des Dupes » – car le chef de la maison de France, cédant soudain aux pressions de sa première bru, jeta aux orties nos beaux projets de réconciliation, et laissa son héritier s'éclipser pour finir la journée dans un café de la ville basse... La règle de catholicité serait donc respectée ! Ainsi Marie-Thérèse de Wurtemberg, princesse honnête mais par trop crispée sur les principes de la religion, finissait-elle, aux dires mêmes d'une partie de la famille – qui ne l'appelait jamais autrement que « cette pauvre Ali » –, par correspondre à ce jugement jadis porté sur Anne d'Autriche : « Ses malheurs lui tenaient lieu de vertu. »

La cérémonie publique ne fut donc qu'une parodie de ce qu'elle aurait pu être. Découragé au dernier point, je m'y voyais ravalé au rang d'accompagnateur ou d'aide de camp ; le Prince, lui-même très perturbé, me passait machinalement les cadeaux dont le couvraient des admirateurs bien innocents. Quel épisode étrange et déroutant ! Ainsi tous nos efforts étaient-ils anéantis, et les tractations, menées dans le plus grand secret, pour réconcilier le père et son fils, n'avaient-elles pu empêcher que le principe immuable de la continuité historique par ordre de primogéniture ne paraisse bafoué. Dès le soir même, il nous faudrait nous employer à recoller les morceaux en expliquant, à des médias peu sensibles à ces nuances, qu'aucun problème de succession n'avait été créé par les événements de la journée. Certes, le comte de Clermont avait été bouté hors du château, et ses fils titrés duc de Vendôme pour le prince Jean, duc d'Angoulême pour le prince Eudes. Après cela, allez donc expliquer que titulature ne vaut pas forcément investiture !

Aux yeux de tous, la confiance que m'accordait publiquement le comte de Paris et mon rôle d'ardent zélateur dans les colonnes d'*Alliance Royale* me valaient la réputation d'être l'homme lige du Prince, ou son âme damnée si l'on veut. Alors que l'image de la famille se lézardait dans l'esprit du public, certains de ses membres me firent grief de cette allégeance. Cela ne me détournait nullement alors de l'essentiel à mes yeux : maintenir et promouvoir l'image d'une famille unie, et communiant dans la continuité dynastique. Lorsqu'on prétend incarner un principe historique, on ne le laisse pas écorner par les susceptibilités d'une femme blessée, figée, parce que amoureuse, dans sa posture d'épouse bafouée, et enfermée dans son moralisme. A l'époque, tout dévoué que j'étais au comte de Paris, je ne mesurais qu'imparfaitement les conséquences de sa faiblesse ; mais je comprends aujourd'hui que, une fois de plus, il avait fait le mauvais choix. Avais-je été son complice ou son instrument ?

A la réflexion, je me demandais qui était cet homme, au fond, et quelles étaient ses fins ultimes. Il avait détruit son couple par un « divorce à la catholique » qui, depuis 1986, entérinait sa séparation d'avec la comtesse de Paris ; puis il s'était fâché, tour à tour, avec la plupart de ses enfants et successeurs. Des haines, des frustrations, des détestations s'étaient cristallisées au fil du temps. Mais souvent la famille d'Orléans a présenté ce grave défaut, qu'elle est intimement convaincue de ne pouvoir mal faire. D'où sa propension naturelle à chercher l'ennemi dans l'autre, exclusivement, sans assumer sa part des erreurs et des fautes.

Au premier abord, le comte de Paris donnait plus que le change. Impressionnant en tout, il savait prendre possession de l'esprit de son interlocuteur. Comme je l'ai écrit, il pouvait être délicieux un beau jour et vous caresser l'âme, puis vous traiter le lendemain avec la dernière hauteur. « Nous avons congédié Bern en son temps », a dit, en mai 1999, Mme Friesz. Comme on réécrit l'histoire ! Je n'étais pas rémunéré, que je sache... Tout mon travail et tout mon dévouement n'ont jamais cessé d'être bénévoles.

Mme Friesz ! Cette gouvernante de l'ombre, qu'elle ait ou non mal agi, aura cristallisé les haines d'une famille qui refusa longtemps de désigner le seul vrai responsable de sa déchéance : à savoir le feu comte de Paris lui-même. Or, les manèges grossiers de cette compagne des derniers temps ne suffisent pas à dédouaner, à mes yeux, tous ceux qui eurent leur part du grand naufrage. Comment expliquer, ainsi, l'abnégation coupable de la comtesse de Paris, qui se sera laissé déposséder de tout ? D'où vient l'aveuglement de ses enfants qui jouèrent souvent l'un contre l'autre et attendirent la disparition de leur père pour commencer à réagir ? Et cette complaisance générale – celle de tous les témoins, administrateurs et conseillers, qui n'osèrent jamais intervenir pour mettre fin à la débâcle !

Aujourd'hui, je comprends mieux le dépit de certains à s'être trop longtemps laissés fourvoyer. Avec un « stalinisme » non feint, ils me reprochent d'avoir ouvert les yeux. En novembre 1999, voulant à la fois jeter le discrédit sur mon travail de journaliste et sauver la face devant leurs adhérents, les instances de la Nouvelle Action Royaliste m'ont exclu de leurs rangs. Au nom d'une amitié ancienne et par fidélité, j'avais maintenu mon adhésion, comme un fil tendu au-dessus d'une rivière tempétueuse. Ils ont voulu le casser et briser ainsi vingt années de complicité – simplement pour ne pas avoir à reconnaître qu'ils s'étaient trompés. Tant mieux ! En me boutant hors de leur cercle, ils m'ont rendu un fier service. Grâce à leur intolérance, ils m'ont aidé à comprendre qu'il était important pour moi d'aborder le vingt et unième siècle dans la vérité, débarrassé des faux-semblants et des complaisances mensongères. En définitive, cette rupture m'aura soulagé. Seulement voilà, je ne suis pas né pour rien sous le signe du Scorpion : gare à celui qui vient m'attaquer et raviver des blessures d'amour-propre ! En ces circonstances, ma plume devient assassine. Ma réponse à leur avis d'excommunication me permit de les mettre ouvertement face à leurs contradictions. « Vous avez peur, écrivais-je le 29 novembre 1999, peur que la vérité ne vienne à éclater sur le défunt comte de Paris, dont vous continuez, en dépit de tout et particulièrement de l'enquête de justice, à révérer la mémoire ; peur, tout simplement, de perdre vos abonnés et vos adhérents, et avec eux l'illusion de demeurer utiles. (...) Non, moi, je n'ai aucun compte à régler. Je ne cherche pas plus à me venger. De quoi, d'ailleurs ? Je ne suis attaché qu'à la vérité. Elle ne m'effraie pas, bien au contraire, ne lui ai-je pas voué ma carrière ? Tant qu'il y aura des vérités à dire sur des princes qui ne se sont pas hissés à la hauteur de leur nom, vous pouvez compter sur moi pour les clamer haut et fort, tant il est vrai que l'institution royale doit rester vierge de toute compromission et malhonnêteté. (...) Vos beaux discours, vos sermons, vos théories et vos chimères ne sont rien, s'ils ne supportent pas l'épreuve toute simple de la vérité. Et la vérité, c'est que la famille d'Orléans a aujourd'hui perdu la confiance, l'estime et le respect du peuple sur lequel elle prétendait régner un jour. Comble du paradoxe, c'est moi qui suis tant exposé, moi qui ai tant à perdre, qui suis obligé de prendre mon courage à deux mains pour le dire. Quant à vous, vous préférez mentir, louvoyer et dissimuler. Le dernier carré de vos partisans ne méritait pas cela... »

Demeure la vraie question sur le comte de Paris : pourquoi cet homme a-t-il voulu tout détruire sur son passage, à commencer par l'avenir de ses propres enfants ? Toutes les explications sont permises. On parlait certes, en aparté, des doutes qui l'assaillaient depuis toujours sur sa légitimité. Dans les grandes familles, on m'assurait, à mots couverts, que la mère du Prince, la duchesse de Guise, aurait eu une liaison avec le duc de Bernis. Certains n'hésitaient pas à avancer qu'Henri aurait pu être le fruit de cet adultère. C'est une hypothèse parmi d'autres. Incertain, quoi qu'il en fût, de ses propres origines, et soucieux d'empêcher qu'un autre pût réussir où il avait échoué lui-même, le comte de Paris avait entrepris, au tournant des années quatre-vingt-dix, de tout détruire derrière lui. C'était sa contribution à la politique de la terre brûlée...

Je constate seulement, pour ma part, qu'il aura manqué tous ses rendez-vous avec l'Histoire, et se sera trompé sur tout. Pendant un demi-siècle, des années cinquante aux années quatre-vingt-dix, il aura d'abord réussi à désenclaver en partie la monarchie des ornières où l'avait mise l'extrême droite maurrassienne. Cinquante ans durant, il aura cru qu'il avait un rôle à jouer. Puis il comprit, sur le tard, qu'il ne serait jamais roi. De dépit, il donna un coup de pied dans le seau, et s'assura que personne ne serait capable de lui succéder dans de meilleures conditions. On n'a pas encore pris conscience de tout le machiavélisme de cet homme, et ceux qui continuent de louer sa pensée politique n'ont pas compris quel combat il menait en réalité.

J'aurai donc été le témoin privilégié de la décadence d'une famille, et j'aurai vu s'évanouir un beau rêve. J'aurai assisté à la démolition d'une maison princière par son propre chef, avec la complicité passive de son épouse et le concours de l'envoyée du diable – mais qu'il avait choisie lui-même et qui n'était rien d'autre que l'instrument de ses volontés. N'avait-il pas été jusqu'à vendre aux enchères les portraits de sa mère et de sa grand-mère ? Des mois durant, je le vis briser toutes nos illusions et s'attaquer à ce que j'avais toujours tenu pour sacré. Comment, alors même qu'il piétinait la couronne qu'il était supposé ceindre un jour, comment pouvait-il encore prétendre à ce qu'on lui restât fidèle ? Et pouvais-je, quant à moi, me faire sans broncher l'agent de sa corruption ? Car je découvrais, peu à peu, que je n'étais qu'un instrument de ce personnage malintentionné, un plumitif à son service, comme d'autres l'avaient été avant moi, et d'autres le seraient après. Cet homme, qui inspirait tant de fidélités, finissait toujours par les décevoir après les avoir bien usées.

C'est vers 1991, seulement, que je compris quel rôle néfaste on prétendait me voir jouer. Le Prince et sa gouvernante m'avaient alors embringué dans un traquenard visant à attirer la comtesse de Paris dans leurs rets. Ils m'avaient expliqué, tout bonnement, que des retrouvailles s'imposaient. Aussi devais-je, avec la complicité du photographe attitré du Prince, passer comme par hasard à l'hôtel Intercontinental un midi, et y surprendre le comte et la comtesse de Paris en plein déjeuner. « Tiens, Monseigneur, Madame, quelle heureuse surprise ! » Quelques questions, tournant bien vite à l'interview en règle, devaient entériner la situation, et conduire finalement la Princesse à prendre des engagements tout contraires à ses intérêts. A la fin, Monseigneur m'ayant prié de raccompagner son épouse, je demandai à la Princesse son avis sur d'aussi charmantes retrouvailles : « Je me suis laissé avoir », me dit-elle, ajoutant : « Que voulez-vous, je l'aime tellement ! »

L'année suivante étaient célébrées, avec un an de retard, dans la chapelle royale de Dreux, les noces de diamant du comte et de la comtesse de Paris. Une fois encore, j'avais tout organisé dans le moindre détail, veillant à ce que les rites fussent respectés. Mais c'était s'acharner sur un cadavre. Au demeurant, j'étais traité comme un valet gagé. Madame, qui n'a guère d'estime que pour elle-même, ne m'avait pas pas habitué à autre chose ; quant à Mme Friesz, elle me donna des preuves éclatantes de son ingratitude. Ulcérée de la rigueur d'un protocole qui, lors de la cérémonie, avait relégué ses amis retardataires dans les derniers rangs, elle s'en prit à moi nommément et fit si bien que le Prince ne tarda plus à se détourner de mes services. Je fus donc mis sur la touche à mon tour, après tant d'autres, et jusqu'à Bertrand Renouvin…

Vint enfin, pour le glas, une scène terrible qu'il me fit en public, au Jockey-Club, en janvier 1996, à l'occasion du cinquantième anniversaire de la princesse Chantal.

Pour ne pas troubler l'esprit de fête qui régnait ce soir-là, je pris mon courage à deux mains et allai saluer le Prince. Dès qu'il me vit approcher, son visage se rembrunit et il m'indiqua de la main qu'il comptait m'interdire l'accès jusqu'à lui. « Il est inutile que vous veniez me saluer. Je n'ai rien à vous dire », lâcha-t-il devant des témoins interloqués. J'en fus humilié, blessé, mortifié ; je perdais une figure paternelle, qui m'avait longtemps exalté, et que j'avais bien servie. En cette année 1996, il me laissait un peu orphelin, plus empreint de déception qu'animé d'un esprit de revanche.

Bien involontairement, Mme Friesz m'avait rendu, en vérité, un fier service. Sans son intervention, qui peut affirmer que je ne serais pas resté un peu plus longtemps encore au service de ce Prince et de ses noirs desseins ? Combien d'hommes de bien, à la seule fin de rester aimables, se sont ainsi montrés complaisants jusqu'à l'erreur, et se sont empressés de fermer les yeux sur les malversations d'un homme qui ne se gênait plus pour en commettre de grandes ?

Je ne reviendrai pas sur la fin pitoyable de ce prince, et ne raconterai pas les circonstances de la dernière visite que je lui fis dans la petite maison vulgaire de Vineuil-Saint-Firmin, à deux pas du château de sa grand-mère, la duchesse de Chartres. Il y a des choses sur lesquelles il est préférable de ne pas s'étendre. Mais je me souviens de ma tristesse sur le chemin du retour : Voilà, me disais-je, le char dans lequel va bientôt sombrer l'avenir de la famille d'Orléans.

Quelques semaines avant sa mort, il m'avait encore réservé l'un de ses derniers coups de griffe. Démentant des informations que j'avais publiées dans *Le Figaro* sur la détérioration brutale de sa santé, il avait usé de termes volontairement blessants ; mais je n'étais plus vulnérable à ses coups. Je pressentais que l'issue était proche et savais au fond de moi que les événements n'allaient pas tarder à me donner raison. J'avais simplement été froissé dans mon intégrité professionnelle lorsque lui – ou plutôt l'un de ses conseillers – assura à l'AFP que l'auteur de l'article incriminé était « un journaliste en mal de reconnaissance ». En quoi la publication d'une telle information aurait-elle pu augmenter mon propre crédit ?

Aujourd'hui, l'affaire de la succession s'étale partout dans la presse. Paradoxe : jamais enquête n'aura été aussi facile à mener que celle qui, depuis l'ouverture du testament, cherche à faire le jour sur les agissements des dernières années. Tout se passe comme si Monseigneur avait lui-même voulu laisser des jalons de son entreprise de sabotage pour prolonger la déchéance après sa mort, ou bien se la faire pardonner par l'éclat qu'il aura cherché à lui conférer. En contribuant moi-même à faire la lumière sur mes relations avec lui, je ne cherche pas à me venger, d'une quelconque façon, de l'ingratitude du Prince. Cela ne serait pas digne. Ce que je veux contribuer à faire avancer, c'est la vérité. L'idée même de la monarchie est trop noble, trop pure, pour pâtir d'autre chose que d'un défaut de vérité. Je sens qu'il m'appartient, parmi d'autres, d'aider à crever l'abcès.

Le plus difficile pour moi, tout au long de ces années amères, fut d'assumer le contraste entre l'affection sincère que portaient les adhérents de l'AMF à leur famille royale, et la réalité de ce que j'étais à même d'y déceler chaque jour. Le roi était nu, nu comme un ver, et tout le monde continuait, autour de lui, à vanter la splendeur de ses habits ! Et il aurait fallu continuer de fermer les yeux ? Je préférais voir les choses en face ; et puisque nous avions tous rêvé d'une restauration, je préférais encore la République telle qu'elle était à une monarchie vouée aux pulsions dévastatrices du comte de Paris. Je ne voulais pas imaginer qu'il ait pu appliquer à la France le régime qu'il avait fait subir à sa propre famille.

Toutes ces années, je m'étais bercé d'illusions. Le thuriféraire du comte du Paris devait céder le pas au journaliste épris de vérité. Je ne pouvais plus me taire ni fermer les yeux, ni même tolérer qu'autour de moi on continuât à l'encenser, quand chaque jour apportait son lot de révélations et de scandales : fraude fiscale, escamotage d'héritage, gestion hasardeuse… « L'affaire Orléans » est entre les mains de la justice – quel gâchis !

Pour moi, il n'y avait pas d'échappatoire : comment servir un héritier dont la seule obsession était de salir l'héritage ? Des mouvements comme la NAR, parce qu'ils sont de nature essentiellement politique, ont toujours la possibilité de se retrancher derrière la doctrine et de se protéger ainsi des réalités quotidiennes. Mais notre association, parce qu'elle se fondait précisément sur ces réalités, ne pouvait subsister, sauf à se trouver dévoyée. Pour ma part en tout cas, je décidai de m'en dissocier clairement. Quand l'idole vient à s'effondrer, les adulateurs qui n'ont pas su s'en déprendre à temps sont entraînés dans sa chute.

Je garderai toujours en mémoire une formule qu'affectionnait particulièrement le défunt comte de Paris lorsqu'il se définissait comme le premier serviteur de tous : « La légitimité se dissout quand il n'y a plus de service rendu à la nation. » J'en ai tiré les conséquences. Je sais aujourd'hui que la légitimité des Orléans est morte avec leur chef indigne et parce que lui-même avait tout entrepris pour la dissoudre. Même si son fils et son petit-fils en constituent les premières victimes, il ne leur appartient plus de tenter de rien relever. Le feu comte de Paris leur a rogné les ailes et brisé les reins. Et quand je croiserai désormais le prince Henri d'Orléans, nouveau comte de Paris, je m'inclinerai davantage sur son malheur que devant ce qu'il a cessé de représenter à mes yeux. Il est un homme respectable. Mais il n'incarne plus, dans mon cœur, le principe sacré de la monarchie.

Ces princes qui arboraient un si grand nom et portaient si haut des espérances si nobles, quel rôle auront-ils joué, en fin de compte, dans les combats du siècle ? Les a-t-on vus voler au secours de la francophonie, au chevet des malades du sida, aux côtés des sans-abris ? Leur impuissance en tout les a disqualifiés ; ils ont cessé de rendre les services escomptés à la patrie dont ils prétendaient incarner la grandeur. Aucune institution, fût-elle la monarchie, n'est à l'abri des critiques. Dénoncer les princes qui ne se hissent pas, par leurs actes, à la hauteur de leur nom, c'est aussi rendre hommage à ceux qui, tout au long de leur vie, comme un sacerdoce, n'ont eu d'autre ambition que de servir le bien commun.

Si la France, dans des circonstances que nul ne peut encore prévoir, éprouve un jour le besoin de renouer la chaîne du temps et de se choisir un nouveau roi, je veux croire qu'elle ira le chercher ailleurs. Pour moi, comme il arrive souvent quand on cultive une vocation, je reviens depuis peu à mes sentiments premiers. Je retrouve avec bonheur les émotions qui m'étreignaient, il y a vingt ans, quand le duc de Cadix réunissait les fidèles à sa cause dans le square Louis-XVI, devant chez mes parents.

La première fois que j'ai rencontré son fils, le jeune prince Louis de Bourbon, j'ai su qu'il était digne de notre confiance. Ce sera lui ou un autre – simplement sa simplicité, sa franchise et le rapport de confiance qu'il tend à instituer avec ceux qui l'approchent me paraissent autant de signes encourageants. En 1997, nous nous étions retrouvés, un soir, au bar panoramique de l'hôtel Concorde-Lafayette. Il rentrait ce jour-là d'une séance d'entraînement avant de disputer le « raid Gauloises ». Nous étions en jeans l'un et l'autre, comme deux jeunes gens de notre temps. C'est sa force de caractère qui m'a frappé d'abord, et sa droiture.

En même temps, quelle hérédité ! Aîné de tous les Bourbons, il est l'ultime rejeton d'une lignée décimée par le sort. Les épreuves de la vie l'ont endurci, sans doute : n'a-t-il pas perdu son frère en 1984 dans un accident de voiture, avant de voir son père disparaître, en 1989, dans un accident de ski ? C'est un miracle que lui demeure disponible, prêt à servir la France. D'autant plus qu'il devrait être roi d'Espagne, si l'ordre de succession à ce trône avait été respecté…

Et puis quelle joie de vivre, et quelle simplicité ! Le jeune Louis de Bourbon est un rayon de soleil dans le paysage, actuellement bien triste, de la monarchie française. Je ne doute pas que ce prince-là saura se montrer à la hauteur des espoirs que tant de personnes placent en lui. Ni prétentieux ni prétendant, il se contente d'être. Tout simplement. Il n'a nul besoin d'agir pour exister. Et tous ceux qui l'ont croisé savent bien, pour l'avoir éprouvé, qu'il est habité d'un principe qui le dépasse – certainement, ce jeune homme incarne quelque chose de grand, d'éternel et de magique.

Et pour ceux qui s'étonneraient que je brûle d'un feu qu'hier encore je rêvais d'éteindre, celui de la cause légitimiste, je leur dirai simplement que devant le champ de ruines et de cendres qu'est aujourd'hui l'espérance monarchique en France, il me paraît indispensable de confier le flambeau au seul actuellement digne de le porter.

Comment on devient chroniqueur royal

21 janvier 1985. Mon engagement en faveur de la famille de France prenait des allures de croisade. A la lueur de ce qu'on sait, cela ne manque pas de piquant ; mais on ne gagne rien à railler la candeur des débutants, surtout lorsqu'elle s'appuie sur de bonnes raisons. Plus que l'association elle-même, mon vrai cheval de bataille était alors notre périodique, *Alliance Royale*, lancé en novembre 1984 lors d'une soirée mémorable au club Pernod. Armé d'une conviction que je savais communiquer autour de moi, je devais en vendre les exemplaires à la sortie des offices commémoratifs de la mort de Louis XVI. Et je constatais, surpris mais ravi, que les fidèles ne marchandaient pas leur contribution : les piles de journaux s'écoulaient sans peine. J'éprouvais alors, grisé que j'étais d'encouragements anonymes, l'intime satisfaction de ceux qui savent, d'une façon quelconque, se dévouer à une cause.

Ne disposant encore que de tribunes assez limitées, je ne devais négliger aucune occasion d'apporter ma petite pierre à l'édifice. Peu à peu, mes efforts portaient leurs fruits, et l'on finissait par savoir, dans ces milieux qu'on dit « bien informés », que le comte de Paris avait fait un nouvel adepte… Les demandes de témoignages se multiplièrent. La grande presse elle-même se fit l'écho de mon engagement. Après *Libération*, qui saluait avec ironie la « naissance d'un groupie », ce fut au tour de *Newsweek* de me consacrer quelques lignes dans un article sur le royalisme français. L'auteur m'y déclarait, avec un schématisme que j'apprendrais à tolérer, heureux de donner ma vie à une cause à laquelle je croyais vraiment. Pauvre petit militant naïf, et qui ne tarderait pas à déchanter !

J'avais appris que pour faire parler de soi, la manière immédiate est d'adresser aux rédactions des communiqués de presse. Le premier fut pour leur faire part de la naissance de notre association. *Le Canard enchaîné* reprit aussitôt la brève, saluant à sa façon une entrée modeste dans la vie publique : « Il y en a d'autres qui ne vont pas avoir un travail fou, disait l'entrefilet. Ce sont ceux qui veulent "promouvoir l'action et la pensée du comte de Paris". C'est en effet le but de l'association des Amis de la Maison de France (AMF). On trouve dans le comité d'honneur beaucoup de notables gaullistes. C'est vrai que soutenir la pensée de Chirac ne doit pas leur prendre beaucoup de temps. » D'autres journaux et magazines répercutèrent l'information, quoique plus discrètement. Certains me firent la grâce de me citer.

L'année scolaire 1984-1985 me retenait, je l'ai dit, à Lyon pour une troisième saison d'études dans ma ville natale. Ce qu'on apprenait à Sup-de-Co me laissait parfaitement indifférent, et je n'avais nulle intention de faire carrière dans un commerce quelconque ; simplement mes parents se sacrifiaient pour que j'accomplisse un cycle complet d'études supérieures et je n'avais pas le courage de les décevoir. Mon obsession d'alors était de décrocher au plus vite le diplôme qui ferait plaisir à mon père et me permettrait d'en finir avec ces voies balisées qui me convenaient si peu. Moitié vanité, moitié plaisir à perturber l'ordre établi, je passais mon temps à adresser, au nom de l'AMF ou d'*Alliance Royale,* de nouveaux communiqués de presse à la rédaction du *Progès de Lyon.* A chaque fois, je précisais quelles études je suivais, et dans quelle école. Si bien que la revue de presse institutionnelle de Sup-de-Co Lyon se faisait constamment l'écho de mes activités extra-scolaires ; et l'on y retrouvait souvent, entre un avis de concours et un article économique, le nom du petit Stéphane, accompagné de nouvelles variées de la vie royale… Quinze ans après, j'en souris encore.

Chaque semaine, je n'attendais que le vendredi midi pour sauter dans un train et m'enfuir à Paris où je demeurais allègrement jusqu'au lundi soir, voire même au mardi matin… Les très urgentes occupations qui m'appelaient dans la capitale ne souffraient en effet aucun retard, et pas la moindre négligence. J'avais une double vie à mener ! Aujourd'hui, les « étudiants-TGV » sont légion, mais dans mon cas j'avais la sensation à la fois grisante et étrange de me dédoubler sans cesse. A Lyon, des études que je délaissais par ennui, ayant acquis la conviction que dans les grandes écoles – de commerce ou d'ingénieurs –, le plus dur est d'entrer. A Paris, en revanche, une activité frénétique, pour rattraper le temps perdu. Je devais sans doute ressembler à un jeune Rastignac, courant les cocktails où je m'employais à élargir le cercle des personnalités susceptibles d'offrir un relais à mes talents naissants de pigiste royal. Au début de 1984, j'avais ainsi rencontré le fameux Arnaud Chaffanjon, membre émérite de la rédaction de *Point de Vue,* et qui, touché sans doute par mon enthousiasme juvénile, avait bien voulu me prendre en amitié – et, si l'on peut dire, sous sa coupe. Je suivais ainsi régulièrement ses conférences et ses signatures, ce qui me valut de fréquenter quelques cercles comme le Pen Club ou le Cercle Interallié. Lui me présentait en retour à certains de ses amis influents, dont je ne doutais pas qu'ils m'offriraient un jour la tribune efficace dont j'étais encore bien dépourvu.

Je me souviens d'une de ces conférences, donnée au Cercle de l'Union Interalliée sur le voyage en Orient du comte de Chambord, et qui fut un peu pour moi, après les simulacres chez la baronne de Rasky, ma première réunion vraiment mondaine. C'est la duchesse Edmée de La Rochefoucauld qui présentait Arnaud Chaffanjon à l'assistance, où l'on reconnaissait, au milieu de personnalités plus ou moins connues, le roi Fouad et la reine Fadila d'Egypte, auprès de la reine Farida. Ce beau monde me faisait alors l'impression la plus forte, et je découvrais enfin, à vingt ans bien révolus, le milieu où je devais exercer, plus tard, le métier qui m'appelait comme une vocation. Or, ce métier dont je n'osais encore prononcer le nom, ce serait, bien sûr, celui de journaliste.

3 avril 1985. Versailles ! Ce nom-là m'avait fait rêver depuis ma tendre enfance. Jamais je ne manquais un article ou un livre sur le sujet ; et je crois que j'aurais pu,

au pied levé, tenir, comme Arnaud Chaffanjon, une conférence sur son histoire. Versailles ! Voilà que j'y étais à présent chaque jour, employé dans le château des rois comme hôte d'accueil saisonnier. En y repensant aujourd'hui, je me dis que j'ai eu pas mal de chance dans mon parcours, et qu'après tout j'aurais très bien pu passer ma vie sans que me soient données de telles occasions d'aller tutoyer les ombres de l'Histoire.

Comme pour le stage ouvrier, mais avec un peu plus de bonheur quand même, c'est mon père qui m'avait déniché cet emploi d'étudiant gâté. Il avait l'occasion de rencontrer régulièrement l'un des grands conservateurs de la merveille nationale : Daniel Meyer en personne. Aussi lui avait-il, comme on dit, touché deux mots de ma passion pour le château de Versailles et de mon rêve d'en fréquenter un jour les coulisses. Le reste avait coulé de source et, deux ans durant, j'allais passer le temps des vacances scolaires dans le haut lieu de la monarchie française.

J'eus donc Versailles pour moi tout seul. Arrivé le premier le matin et le soir reparti le dernier, je m'offrais chaque fois ce luxe des luxes : me promener seul à travers les grands salons et dans les appartements royaux, contempler la chambre du roi vidée de ses visiteurs, accéder aux pièces d'apparat par les couloirs, les réduits et les petits escaliers qui les doublent sur les cours intérieures, voir le soleil se lever sur les stucs et les cristaux de la galerie des Glaces… J'avais une conscience intime du privilège qui m'était donné ; et je m'employais à en accroître toujours l'ampleur. Ainsi avais-je repéré, dans l'infini dédale du palais, deux ou trois endroits plus rares, plus précieux encore – plus privilégiés – que les autres, pour aller y passer mes moments de repos. C'était le cas du cabinet de la cassette de Louis XVI, encore appelé le « très-arrière-cabinet », qui avait servi de salle de bains à Louis XV et en conservait de merveilleuses boiseries ornées de scènes de nageuses et de tritons. Mais le saint des saints, à défaut de pouvoir m'étendre sur le lit même du roi, c'était la loge du souverain à l'opéra royal, un tabernacle grillagé dont l'accès, en d'autres temps, avait été sans doute l'honneur le plus prisé de tous. Je ne m'y suis jamais installé sans une intense émotion.

J'étais d'autant plus conscient du caractère extraordinaire de ma situation que Daniel Meyer me distinguait parfois au sein du personnel, ce qui soulignait ma conscience d'être sinon privilégié, du moins favorisé par le sort. Pour le reste, mon travail en soi n'était guère édifiant. Confronté journellement à la mauvaise humeur des touristes prisonniers de files interminables, je me sentais isolé dans une foule hermétique à la magie des lieux. Il ne passait pas de journée sans qu'un visiteur ne profère des énormités sur ce qu'il découvrait ; et j'entendis même, un matin, une dame qui disait à sa petite fille : « Tu vois, ma chérie, sous le palais, ce sont les prisons où le roi enfermait les esclaves. » Je rectifiai aussitôt en la provoquant pour m'amuser : « Non, madame, le roi n'avait pas d'esclaves, mais des bons et loyaux sujets. Et s'il les avait eus encore, nous n'en serions pas là ! » Mais au fond, à quoi bon ?

Le public accourt en masse à Versailles, attiré tant par la célébrité du château que par les fastes qu'il y devine. Or, plutôt que d'en admirer les beautés, le raffinement ou l'harmonie d'ensemble, une partie des visiteurs préfère dénigrer la majesté des lieux, et ternir la mémoire de ceux qui les occupèrent. Cette partie-là est, hélas, essentiellement constituée de Français. Faussés par deux siècles d'endoctrinement scolaire, fiers d'une magnificence qui les rehausse en même temps qu'ils apprécient d'en être venus à bout, ils tendent trop souvent à piétiner l'excellence pour excuser la médiocrité dont eux-mêmes se sont laissé entourer. Versailles n'est pas fait pour eux, qui n'a été construit que dans le but contraire : celui qui vise à exalter une certaine grandeur nationale.

Le château n'est jamais si beau que certains soirs de gala, quand, étincelant de tous ses feux, il ouvre grand ses salons au cortège des invités en tenue de soirée. Matières, couleurs, lumières – tout concourt alors à faire briller les lieux, dans une alliance toute française d'équilibre et d'élégance. « C'est vraiment fait pour cela », disait, il y a peu, Mme Chirac en parcourant l'enfilade du grand appartement illuminé. C'est fait pour cela, en effet ; pour que des invités lisent dans le marbre la grandeur d'une nation ; pour que des musiciens intimidés fassent résonner des notes de gloire sous des plafonds somptueux ; et pour qu'une reine, depuis la croisée centrale de la Grande Galerie, donne le signal d'un feu d'artifice qui embrasera les jardins. J'ai vu ces illuminations lors de l'inauguration de l'exposition financée par Bernard Arnault sur les « Tables Royales » ; j'ai vu cette reine, et c'était Margrethe de Danemark qui, ce soir-là, nous fit presque oublier l'ombre des trois Marie qui, dans un autre temps, avaient tenu la maison.

26 juin 1985. Où l'on reparle du Luxembourg. Alors que je rendais visite à l'ambassadeur du grand-duché à

Paris, à propos d'un article que je devais écrire pour *Atlas,* la revue d'*Air France,* le diplomate en poste alors m'apprit qu'on craignait fort pour la santé de la grande-duchesse Charlotte. Des bulletins confidentiels, de plus en plus inquiétants, donnaient à penser que l'ancienne souveraine, figure historique et tutélaire de notre monarchie, ne passerait pas la semaine. A peine sorti de l'entrevue, je suis entré en contact avec Patrick de Bourgues, que m'avait présenté Arnaud Chaffanjon, et avec Philippe Delaroche, qui m'avait emmené quelques jours auparavant à la rédaction de *Madame Figaro,* pour y rencontrer la directrice de la publication, Marie-Claire Pauwels. L'un et l'autre, à leur manière, se firent mes émissaires empressés auprès de celle qui allait devenir ma « maman en écriture ». Précédé de tels hérauts d'armes, je fis donc une entrée remarquée dans les colonnes du magazine où Marie-Claire m'accueillit chaleureusement.

Ce n'est sans doute pas un hasard si je dois mes premiers pas dans le métier à « mon » Luxembourg. Certes, l'occasion était des plus tristes puisqu'il s'agissait du décès de la grande-duchesse Charlotte, le 9 juillet. Mais mon article n'en était que plus émouvant. J'y avais mis toute l'affection et toute l'érudition héritées d'années de passion pour une cour que je connaissais alors comme aucune autre. J'y ajoutai quelques photographies personnelles, notamment un portrait de la souveraine où elle apparaît telle qu'en famille on me l'a toujours décrite : élégante, le regard doux et bienveillant, le port altier et le menton volontaire. Etrangement, je ne signais pas ce premier article de mon nom, mais préférai utiliser un pseudonyme. Pourquoi diable être allé chercher Franck Dubreuil ? Avec le recul, cette fausse pudeur peut sembler inutile. A l'époque, me cachant derrière mon diplôme tout récent de l'Ecole supérieure de commerce de Lyon, je n'osais reconnaître en moi la graine d'un futur journaliste. « Ne dites pas à ma mère que je suis journaliste, elle me croit en train de préparer le concours d'entrée à Sciences-Po ! »

Pour un début, le résultat fut jugé plus qu'acceptable. Satisfaite de mon travail, Marie-Claire Pauwels me demanda alors de lui faire de nouvelles propositions. C'est ainsi que, dès l'automne, j'accompagnais en Colombie la princesse Marie d'Orléans, qui se consacrait aux enfants des rues à Bogota. Ce reportage, superbe et dur tout à la fois, m'ouvrait des horizons ; et je revins à Paris assez content de ce que nous avions fait. Las ! je n'avais encore aucune pratique du public ciblé par le journal ; et la rédaction de *Madame Figaro* me laissa entendre que mon article, quoique intéressant, correspondait mal à ce qu'attendaient nos lectrices, surtout dans la période précédant les fêtes de fin d'année...

Le Luxembourg m'avait mis un pied dans le journalisme ; quelques années plus tard, en avril 1989, il allait m'y asseoir tout à fait en m'offrant mon premier scoop. Grâce à l'ambassadeur Pierre Wurth, grâce sans doute aussi à la réputation de bienveillance et de respect que j'avais acquise dans mon petit royaume, c'est à moi, en effet, que le grand-duc Jean et la grande-duchesse Joséphine-Charlotte devaient accorder la première interview qu'ils aient jamais donnée à un journaliste en particulier ! « Vous êtes le premier et le dernier du règne », me dit en substance le maréchal de la Cour chargé d'organiser l'entretien dans ses moindres détails. Il m'avait fallu patienter de longs mois, voguant d'une promesse de victoire à un moment de découragement. Pierre Wurth tint bon. Moi aussi. Soudain, par miracle, les préventions sautèrent comme autant de verrous à l'occasion du cent cinquantième anniversaire de l'indépendance du pays, qui coïncidait avec les vingt-cinq ans de règne du grand-duc Jean. Je mesurais non sans frayeur l'immense privilège qui m'était accordé. Habituellement, la famille grand-ducale – qui a fait de la discrétion une vertu cardinale de gouvernement – recevait la presse sur le perron du palais ou dans la salle des fêtes, pour une séance de photos muette. Comprenant l'enjeu de la rencontre, et ce qu'elle avait de « révolutionnaire », je me prêtai de bonne grâce aux implications concrètes de la réserve constitutionnelle du souverain : toute question devait avoir été soumise à l'avance au palais, et la réponse avoir fait l'objet d'un contreseing ministériel.

Accompagné du photographe Jean-Michel Voge, je fus donc reçu dans ce château de Colmar Berg dont les grilles, toujours fermées, m'avaient si souvent fait rêver lorsque j'étais enfant. Le couple souverain nous reçut avec la dernière simplicité, comme auraient pu le faire de simples châtelains. La grande-duchesse, je me le rappelle, était un peu en retard, et elle s'en excusa en rougissant presque, disant qu'elle avait été retenue à Bruxelles. Aux côtés de son mari, elle se plia de bonne grâce aux photographies. Le dialogue, franc et ouvert, qui s'établit aussitôt avec le couple grand-ducal me permit d'alimenter mon reportage en anecdotes et d'en assouplir le caractère trop officiel. Comme pour mieux apprécier cette « intimité » avec le grand-duc et la grande-duchesse, je conservais, présente à ma mémoire, l'intense envie que j'avais eue de les rencontrer « en vrai ». Mon rêve de gamin était en train de s'accomplir. Presque malgré moi, mes lèvres esquissaient un vague sourire de bonheur tandis que mon cœur battait la chamade. Après la séance de pose dans un salon officiel, l'entretien eut pour cadre le jardin de Colmar Berg. J'aurais aimé qu'il fût beaucoup plus vaste pour que la rencontre se prolongeât indéfiniment.

Ensuite, nous nous rendîmes au château de Fischbach, pour un entretien des plus détendus avec le grand-duc héritier Henri et sa charmante épouse, née Maria Teresa Mestre. Immédiatement, je fus conquis par la sérénité de leur bonheur conjugal, moi qui avais tant vibré le 14 février 1981, le jour de leurs noces, réclamant, sous le balcon du palais grand-ducal, le baiser des mariés de la Saint-Valentin. Jamais je n'ai oublié, dans mon élan de fierté patriotique, la réponse que me fit la princesse alors que je m'étonnais de l'entendre parler parfaitement le luxembourgeois, dialecte mosellan pourtant difficile : « Mais, voyons, c'est ma langue ! A présent je suis et me sens profondément luxembourgeoise. » Leur délicieux pavillon de chasse, qu'avait autrefois habité la grande-duchesse Charlotte, paraissait dédié aux trois enfants, Guillaume, Félix et Louis, qui s'impatientaient gentiment lors des séances de pose. On pourra en sourire, mais j'éprouvais alors un profond sentiment de bonheur à jouer avec les enfants du couple princier, comme si s'offrait à moi le spectacle innocent et charmant de la pérennité de mon royaume d'enfant.

C'est seulement quand tout fut fini, et que, rentré à Paris, je pris le temps de repenser à ce reportage unique pour moi, que je réalisai l'extraordinaire cadeau que venait de me faire le destin, en me permettant d'entrer un instant – et de façon tout à fait inhabituelle – dans l'intimité d'une famille que j'avais si longtemps considérée comme mon deuxième foyer. De ce jour, je compris que tout était possible dans cette vie – à condition toutefois de le vouloir ardemment. Il devait être écrit quelque part que le grand-duché de Luxembourg allait marquer mon destin de manière indélébile, et en accompagner chaque étape décisive.

17 octobre 1985. A l'occasion d'un cocktail chez Chaumet pour la sortie d'un livre d'Arnaud Chaffanjon, je croise Patrick de Bourgues aux côtés d'une dame charmante et qui m'apostrophe aussitôt : « Jeune homme, me dit-elle, je ne sais pas qui vous êtes, mais je peux vous prédire qu'un jour on parlera de vous. » Rougissant de ce que je prends pour un compliment indirect, je remercie l'inconnue pour son aimable augure. « Croyez-en Yaguel, me dit Patrick, elle se trompe rarement. » Yaguel ! Je mettrai un moment à réaliser que l'auteur du charmant oracle se trouve être Yaguel Didier en personne, la plus célèbre de nos voyantes, et de toutes, celle à qui l'opinion reconnaît les plus grands pouvoirs. Sa prophétie ne m'en paraîtra que plus encourageante, naturellement – mais sans me faire tourner la tête cependant.

Il ne faudrait pas qu'on se méprenne sur mes sentiments, et qu'on attribue à je ne sais quelle vanité ma réaction aux propos de Yaguel Didier. Disons simplement que cela faisait écho en moi et que, d'une certaine manière, j'avais toujours su, sans en douter le moins du monde, qu'un jour ou l'autre « on parlerait de moi ».

D'une façon plus générale, j'avais compris très tôt que vous ne pouvez demeurer vraiment dans l'anonymat, pour peu que vous consentiez à vous réaliser, en laissant parler en vous les voix qui vous dictent ce que vous devez faire de votre vie. En fin de compte, tout est peut-être là : j'aurai su, mieux que d'autres, demeurer attentif aux signes que le destin m'envoyait.

J'avais lancé mon propre journal, *Alliance Royale,* une feuille bien modeste il est vrai – mais qui avait le mérite d'exister ; j'avais à présent des responsabilités dans la rédaction d'un magazine, *Dynastie,* lancé en septembre de cette même année par la brillante journaliste Nicole Guez et dont je me partageais les articles avec un petit nombre d'amis, parmi lesquels l'historien Philippe Delorme et le journaliste chrétien Bertrand Dumas de Mascarel. Comme dans les familles du cirque, nous changions seulement de tenue et de postiches pour passer du trapèze aux clowneries – encore ces dernières étaient-elles rares. Pour moi, c'était d'autant plus facile que je n'avais pas encore fait le choix de signer mes articles sous mon vrai nom. Je devenais, en fonction de l'humeur du jour, Frédéric Delpech ou François Delage. Toujours « F.D. », car c'étaient, d'après le Bottin, les initiales les plus répandues en France…

Comme pour donner raison à ma voyante préférée, je fis dans les semaines qui suivirent, le 30 novembre 1985, ma toute première apparition télévisée. C'était sur FR3, comme on disait alors, dans une émission de l'après-midi qui s'appelait « Liberté 3 » et donnait souvent la parole aux associations. Bien que fervent républicain, Alain Rollat m'y questionna sur ma passion avec bienveillance. Nous avions installé, en toile de fond, le grand arbre généalogique qui, d'ordinaire, faisait tout l'ornement de mon bureau ; et je me souviens que la présence familière de cette affiche avait achevé de me donner confiance. Le temps demeurait lointain, pourtant, où la télévision deviendrait presque ma deuxième maison.

19 janvier 1986. Beatrix Ire, reine des Pays-Bas, est en France pour une visite officielle assez courte. Rentrant d'inaugurer une exposition au Grand-Palais, elle reçoit la presse à l'ambassade. Pour la première fois, il m'est ainsi donné d'approcher la fameuse souveraine dont l'avènement, six ans plus tôt, m'avait tellement ému. La reine m'apparaît conforme à ce que j'imaginais, rayonnante et simple à la fois, et tellement détendue ! « Ce soir, annonce-t-elle, le français est de rigueur. » Ainsi je ne manquerai rien des petites confidences qu'elle distille, en passant, aux journalistes ravis. « Journée idéale : pas de discours, rien que des choses intéressantes… » Elle en rajoute sur les charmes de Paris, l'agrément du président, la pompe républicaine. Visiblement, l'escorte motorisée l'a beaucoup impressionnée, de même que la désinvolture avec laquelle les autorités françaises bloquent des avenues entières pour faciliter les convois officiels. « Si je m'en permettais le quart aux Pays-Bas, confie-t-elle amusée, ce serait la révolution… »

Pour fascinante qu'elle soit, cette reine n'est au demeurant pas la première que je rencontre. L'année précédente, en juillet 1985, Arnaud Chaffanjon m'avait permis de l'accompagner à l'Hôtel de Ville pour la réception donnée par le maire de Paris en l'honneur des souverains espagnols. J'avais pu voir, en chair et en os, le héros de mon enfance, accompagné de son épouse la reine

Sophie, et satisfaire ainsi un rêve ancien. Juan Carlos m'avait fait la plus forte impression, par sa stature, majestueuse, autant que par son extrême courtoisie. C'était d'autant plus notable qu'en général les personnages de légende ne gagnent rien à se montrer de trop près – comme l'écrivit le général de Gaulle : « L'autorité ne va pas sans prestige, ni le prestige sans éloignement. »

Au sortir des salons surdorés de l'Hôtel de Ville, nous nous étions retrouvés, avec Arnaud Chaffanjon, dans une rame surpeuplée du métro... Mon voisin était encore sous l'effet de la grâce qu'avait fait naître en lui un banal échange de civilités avec Leurs Majestés très Catholiques. J'approuvais, sans pour autant ressentir le même éblouissement. Certes, la visite royale avait forgé dans mon esprit d'amusants et de pittoresques souvenirs, mais la formalité de la poignée de main ne m'avait pas permis de mesurer l'étendue de l'intelligence des souverains espagnols. Tandis qu'Arnaud Chaffanjon continuait à sublimer le comportement royal, je me disais que cet épisode d'une audience royale achevée dans le métro ne me serait pas inutile : car je me jurai bien que jamais, au grand jamais, il ne m'arriverait de céder ainsi à l'illusion d'être magnifié moi-même par la fréquentation de personnalités royales ; jamais je ne m'égarerais au point de croire que j'étais l'un des leurs. Je m'efforcerais, au contraire, de rester à ma place, de peur qu'on n'ait à m'y remettre. Du reste, Arnaud a payé bien chèrement cette petite faiblesse : lorsqu'il ne fut plus grand reporter à *Point de Vue – Images du Monde,* il vit s'amincir la pile hebdomadaire de ses cartons d'invitation superbement calligraphiés. *Sic transit gloria mundi...*

7 au 11 novembre 1988. La visite officielle en France de Charles et Diana d'Angleterre promettait d'être l'un des points forts de la grande tournée qu'ils avaient entreprise, depuis déjà deux ans, à travers l'Europe et le monde, et qui les avait menés, entre autres, au Portugal, en Allemagne et en Italie. J'y fus accrédité au titre, inédit pour moi, de *Jours de France.* La fin irrémédiable de *Dynastie,* en décembre de l'année précédente, m'avait en effet laissé orphelin, sinon désœuvré. J'avais mis à profit ces loisirs imposés pour parachever mon premier ouvrage, *L'Europe des rois,* publié chez Lieu Commun par le remarquable Jacques Bertoin. J'avais aussi proposé quelques piges à des magazines comme *Ici Paris* et *Voici,* alors dans son ancienne formule. A défaut de mieux, j'avais même fait un court passage à la rédaction d'*Aujourd'hui Madame,* une sorte de mauvais tabloïd à la française, où croupissaient comme moi un certain nombre de chroniqueurs qui auraient sans doute mérité mieux. Comme toujours, je préfère voir les verres à moitié pleins, plutôt qu'à moitié vides. En vérité, durant cette période d'incertitude et de chômage, je doutais de tout et de moi-même. Je m'interrogeais sur mon avenir dans le journalisme tout en cachant mes angoisses et mes difficultés à mon entourage. Je fis à mon tour l'expérience utile des retournements de situation. Après avoir été courtisé par tous les mondains de Paris, dans l'espoir d'être payés en retour de quelques lignes dans *Dynastie,* j'étais à présent oublié, dédaigné, voire indésirable. Snobé. Loin de m'en plaindre, je tâchai de tirer profit de la leçon et de rebondir professionnellement. Je venais de comprendre que rien n'est jamais acquis.

C'est dans ce contexte un peu morose que j'avais proposé mes services à Florence Rémy, qui succédait alors à Jacques Chancel à la direction de *Jours de France.* La chance me sourit : deux entretiens et trois articles suffirent en effet à convaincre cette femme de métier de ma puissante motivation ; et elle m'employa d'emblée comme grand reporter ! Aussi bien, à quelques mois d'écart, je me retrouvais dans un poste qui m'offrait des responsabilités aussi étendues qu'à *Dynastie* – mais sur une autre échelle. Venant après plusieurs mois de doute et d'inquiétude, cette situation nouvelle ne m'en parut que plus agréable. J'habitais alors rue de la Néva et m'offrais le luxe d'aller à pied au bureau ; je n'avais pour cela qu'à traverser les Champs-Elysées. Quelques mois plus tard, par un coup du hasard qui ressemblerait à un tour de passe-passe, j'allais rentrer dans le giron de *Madame Figaro.* Le groupe Hersant rachèterait en effet *Jours de France* pour le fondre dans son magazine féminin. Et je retrouverais, comme si je ne les avais quittés que la veille, Marie-Claire Pauwels et son équipe, qui m'avaient accueilli dans leurs pages à mes débuts dans le métier.

Tout le monde se rappelle la visite du prince et de la princesse de Galles, et notamment la revue militaire du 11 Novembre, pour laquelle l'un et l'autre arboraient le coquelicot du souvenir – l'équivalent, outre-Manche, de notre bleuet. Ce fut aussi l'occasion d'un déplacement à Blois et d'une visite des châteaux de la Loire, dont Chambord ; le séjour merveilleux de François Ier devait accueillir un grand dîner où la princesse Caroline de Monaco paraîtrait ravir la vedette à Diana... En dépit des bruits qui couraient déjà sur les désaccords intimes du couple princier, l'aura universelle de Lady Di, jointe au respect qu'on portait à son mari, faisait de chacun de leurs voyages un événement. Mais, pour ma part, j'en garde surtout le souvenir de mon premier dîner de gala au palais de l'Elysée.

Le président Mitterrand avait souhaité convier de nombreux journalistes, qui ce soir-là se mêlèrent à ce que la nation pouvait réunir de plus brillant dans les arts, les lettres, la politique et les affaires. Avant de me rendre au « Château » – c'est le surnom que donnent à la résidence présidentielle les personnes qui affectent de la fréquenter régulièrement –, j'avais retrouvé Irène Frain et Frédéric Mitterrand dans les studios d'Europe 1, pour une émission spéciale sur le voyage officiel. Nous avons donc débattu en robe longue et tenue de soirée, avant d'aller prendre une coupe de champagne au Bristol – histoire de rester dans la note – et de nous présenter au palais à l'heure dite.

A vingt-cinq ans, j'avais le sentiment de goûter enfin à des plaisirs qui, toujours, m'avaient paru très enviables. J'étais sans nul doute le benjamin de la soirée, et je mentirais si j'affirmais que les pompes républicaines ne m'impressionnèrent nullement. On nous fit attendre, avec les invités « ordinaires », dans le salon des rois – ça ne s'invente pas – orné de portraits des souverains d'Europe à la fin du dix-neuvième siècle. Puis, les membres du gouvernement ayant traversé cette pièce sous des dizaines de regards curieux, nous fûmes introduits à notre tour pour être présentés. Quand l'aboyeur donna mon nom, je sentis mon estomac se nouer. Je fis quelques pas et saluai tour à tour le prince de Galles, le président de la République, la princesse de Galles et Mme Mitterrand. Jamais, sans doute, je n'oublierai le sourire de Diana au moment où j'allais m'incliner bien respectueusement devant elle ; c'était la grâce même que ce sourire, et toute la bienveillance du monde... Au reste, l'apparat de la soirée avait tout de royal ; et j'aurais cru, pour un peu, que c'était non pas la République qui recevait, mais bien l'éternelle monarchie française.

Royal, le couvert l'était aussi, avec ses menus reproduisant d'anciens modèles datant de l'Entente cordiale, avec aussi sa vaisselle de Sèvres et son argenterie ancienne ; et royal, le dîner, d'un raffinement qui faisait honneur à la gastronomie française ; royale enfin, l'assistance, qui avait pris sans s'en rendre compte le tour et le maintien d'une cour d'Ancien Régime. L'un de mes voisins de table, l'académicien Jean d'Ormesson, excellait plus que d'autres à y briller, papillonnant à l'envi dans ce qui semblait être son élément. Il n'en finissait pas de s'indigner du choix qu'avait fait le président pour le divertissement d'après dîner, à savoir un extrait de *Starmania*, l'opéra-rock de Michel Berger. « C'est grotesque, lançait-il avec délectation, à l'Elysée, voyons, dans la salle des Fêtes ! » Un moment après, le président s'étant approché, patelin, pour nous prier d'assister à la petite représentation, le même Jean d'Ormesson, plus talon rouge que de raison, s'extasie : « *Starmania,* Monsieur le Président ! Mais quelle bonne idée, vraiment, j'étais justement en train de dire à notre jeune ami combien je trouvais l'initiative heureuse ! » Comme dans mes promenades à Versailles en d'autres temps, je venais d'éprouver, grâce à notre académicien aux yeux bleus, le sentiment jouissif de basculer soudain deux ou trois siècles en arrière.

L'impression qui me gouverna, tout au long de cette soirée digne d'éloges, fut celle de la « saudade » portugaise : c'est-à-dire une sorte de regret anticipé de la fin. Tous les raffinements possibles avaient contribué à la réussite d'un moment où le temps me parut suspendu. Quoi qu'on pense de François Mitterrand, il faut lui rendre cet hommage que lui, au moins, savait recevoir dans la grande tradition et honorer ses hôtes sans rien rabattre des plus glorieuses manières françaises.

24 février 1989. Les obsèques d'Hiro-Hito, empereur du Japon, me valurent le moins commun des souvenirs de voyage. Revenu dans l'équipe de *Madame Figaro* par la magie des rachats et des prises de participation, j'avais obtenu de la directrice du service de presse de l'Elysée de compter au nombre des journalistes invités à se joindre à la suite présidentielle. Je fis donc le voyage de Tokyo à bord du *Concorde* officiel, dans des conditions de luxe et de rapidité qui me dédommagèrent amplement de mes impôts des deux dernières années…

Le paysage s'était mis à changer pour moi dès avant le départ, puisque mon accréditation m'avait permis de me rendre à Roissy par une autoroute vidée de toute circulation, et littéralement hérissée d'hommes en armes composant la plus improbable des haies d'honneur. Je possédais alors une vieille Renault 5, rachetée à mon frère, et je dois avouer mon amusement de garer cette antiquité branlante au milieu des berlines officielles du parking réservé. Dans les salons d'honneur, le Premier ministre et plusieurs membres du gouvernement, conformément à un usage périmé, attendaient le chef de l'Etat pour lui souhaiter un bon voyage. Parmi ceux qui partaient, je reconnus Roland Dumas, alors ministre des Affaires étrangères, en grande conversation avec Hubert Védrine, secrétaire général de la Présidence et Alain Decaux, ministre délégué à la Francophonie.

Le président Mitterrand paraissait à la fois ravi de saluer tout son monde et ennuyé d'avoir à subir un aussi long voyage. Il devait se tenir à l'avant de l'appareil, dans un salon luxueux aménagé à son usage, et que je traversai, ainsi que celui des dignitaires attenant, pour me rendre dans une troisième partie de la cabine, installée normalement, et réservée au tout-venant de la suite. Le voyage se fit en moins de sept heures, ce qui paraissait étonnant, avec une seule escale, en Sibérie – exactement à Novosibirsk. Je ne sais quelles subtilités diplomatiques incitèrent le président à bouder l'hospitalité des Soviétiques ; toujours est-il qu'on nous fit savoir que « Dieu dormait » – *dixit* Hubert Védrine – et qu'il fallut à toute la suite, pour préserver l'intimité présidentielle, s'extirper par la porte de secours arrière, en marchant sur l'aile même du *Concorde !* Bon princes, les Russes avaient collé des tapis rouges antidérapants sur cet aileron, auquel ils accolaient maintenant une échelle instable ; ils eurent la correction de ne pas rire ouvertement de nos mouvements malhabiles... Un repas fort peu appétissant fut offert aux plus affamés, les autres se contentant de l'odeur infecte qui empestait toute l'aérogare. « Il faut manger, me répétait Alain Decaux dans un élan de sollicitude assez touchant. Allons, mangez un peu ! »

De toute la suite présidentielle, j'étais assurément le seul qui connût vraiment bien l'histoire et le protocole de la cour du Japon. C'est dire si j'eus du succès auprès de mes confrères, trop heureux d'avoir sous la main un consultant spécial ès royautés. La plupart de ceux qui couvraient l'événement s'intéressaient plus, au demeurant, à l'incomparable réunion de chefs d'Etat qu'aux obsèques du vieil empereur – même si le souverain avait été le dernier en vie des grands acteurs des deux guerres, et de loin le plus mystérieux… A Tokyo, la cérémonie, interminable, se déroula sous une pluie fine et glaçante. Le président paraissait souffrir de ces conditions ; et son attention ne se réveilla vraiment qu'au moment des rencontres au sommet avec ses homologues. Après chacune de ces entrevues, mes confrères, moins portés sur le genre « people » que politique, faisaient chorus autour du président Mitterrand pour tenter de recueillir une anecdote, une confidence, une impression. Leur petit jeu m'amusait et contrastait quelque peu avec l'enjeu des rencontres présidentielles. Pour ne pas être en reste, je suivais ce mouvement tourbillonnant tout en gardant ma distance d'observateur extérieur. Après tout, c'était bien trop sérieux pour un chroniqueur royal ! Avec le recul du temps, je souris de cette agitation fébrile, et si je garde un souvenir attendri de deux grandes figures féminines – Benazir Bhutto et Cory Aquino (respectivement Premier ministre du Pakistan et présidente des Philippines) –, je ne peux m'empêcher de songer à la superficialité de ce genre de ballet diplomatique au regard de la course du monde… et à la fugacité de ses dirigeants élus.

Sur le trajet du retour, le président déjeuna avec les envoyés spéciaux de l'AFP et du *Monde,* et ne convia les autres que pour le café. On nous pria donc de rajuster nos cravates et d'enfiler nos vestes ; puis un huissier à chaîne nous introduisit dans le salon présidentiel, à l'avant de l'appareil. François Mitterrand me parut charmé par la nouvelle impératrice, qui lui avait parlé de la France ; il se dit également très respectueux de la maison impériale du Japon et fasciné par son cérémonial. De fait, j'avais toujours senti un très puissant penchant du président pour la pompe royale ; il adorait tout cela, mais devait feindre de s'en moquer. Paradoxe douloureux, sans doute : ses engagements politiques réclamaient une condamnation tacite de ce pour quoi il avait le plus d'inclination. D'où le sentiment de malaise que je devais souvent constater chez lui à mon égard ; tant il est vrai que rien n'est plus exaspérant que de voir un autre s'épanouir dans une passion qu'on n'assume pas soi-même, et que l'on se trouve poussé à renier en permanence.

Au moins l'attirance de François Mitterrand pour des fastes fort peu républicains l'éloignait-elle des trivialités de la technocratie ordinaire. Je ne pourrais pas en dire autant de Michel Rocard, que j'accompagnai, en novembre 1990, dans un nouveau voyage à Tokyo – à l'occasion, cette fois, du couronnement du nouvel empereur Akihito et de l'impératrice… Du voyage en long-courrier banalisé, il n'y aurait rien à dire, en fait, sinon qu'il était peu édifiant de voir certains membres de la délégation se précipiter, lors d'une escale à Singapour, sur les magasins de « duty-free » afin d'y renouveler le matériel hi-fi et les appareils photo de toute leur famille…

1er avril 1989. Parmi toutes les cérémonies dont la monarchie se nourrit, celle des funérailles me paraît, incomparablement, la plus grande – la plus marquante aussi. Celles de l'impératrice Zita, à Vienne, m'auront ainsi laissé le souvenir d'un moment hors du temps, tout empreint de grandeur et de solennité. Invité personnel du fils de la défunte, l'archiduc Otto de Habsbourg, j'avais été admis à me recueillir sur la dépouille impériale, puis à suivre la Weisse Messe dans les rangs de la maison d'Autriche. Quand le convoi funèbre arriva finalement à la crypte des Capucins, j'eus le sentiment palpable, tandis que s'accomplissait le rituel, que c'était le dernier grand témoin d'un ancien monde, celui d'avant la Première Guerre mondiale, qu'on s'apprêtait à ensevelir. Et lorsque je me plonge aujourd'hui dans les innombrables photographies que j'ai prises tout au long de ces journées, mille souvenirs assaillent ma mémoire. Le plus fort, sans conteste, a trait au réveil des nationalités, tant étaient diverses et présentes les délégations de toutes les provinces de l'ancien Empire austro-hongrois. Je crois y avoir vu les signes avant-coureurs de la chute du Mur de Berlin et l'aspiration de tant de peuples à retrouver leurs racines. De façon plus anecdotique, mes clichés attestent d'une forte concentration de royautés aux funérailles de l'impératrice ; je m'amusais à les surprendre au détour d'une rue ou d'un monument. Enfin, ces obsèques quasi nationales m'émurent beaucoup, car elles me donnaient le sentiment que l'Histoire finit toujours par rendre justice à ceux et celles qui le méritent, même si elle prend son temps et emprunte des chemins de traverse. Ainsi les épreuves de Zita n'auront pas été vaines.

Malheureusement, je n'avais jamais pu rencontrer, de son vivant, l'impératrice Zita. Une fois, certes, j'avais entendu sa voix au téléphone, le jour de son anniversaire ; encore notre échange avait-il été parasité par un malentendu digne du professeur Tournesol. J'avais appelé le couvent de Coire, en Suisse, où l'ancienne souveraine, très âgée, s'était retirée. La liaison téléphonique était mauvaise. Entendant une petite voix au bout du fil, je lui avais demandé de me passer Sa Majesté l'Impératrice. « Oui, m'avait répondu la voix, je suis l'opératrice. » Je réitérai donc ma demande, et reçus de nouveau la même réponse. Je compris alors qu'en fait d'opératrice, c'était bien à l'impératrice elle-même que j'avais demandé, non sans une pointe d'impatience, de me passer l'impératrice… Au moins je veux croire que ce petit malentendu l'aura fait sourire, le jour de son ultime anniversaire.

Mon année terrible

Evoquant l'année 1992, la reine Elisabeth devait la considérer comme l'*Annus Horribilis* de son règne : divorces en chaîne, scandales divers, et jusqu'à l'incendie du château de Windsor – rien ne lui fut épargné cette année-là. Je reprendais volontiers à mon compte cette expression latine pour désigner, de mon côté, une année qui vit disparaître ma mère, et mes repères familiers avec elle. Ce fut l'épreuve la plus dure qu'il m'ait été donné d'affronter. En exergue de mon ouvrage sur la reine Amélie de Portugal, je placerais, plus tard, la formule de Nietzsche selon laquelle « ce qui ne tue pas fortifie ». Serai-je sorti plus fort de 1992 ? J'aurai changé en tout cas et, sans les renier, j'aurai laissé mes premiers éblouissements tandis que mes rêves d'enfant se métamorphoseront en réalité. Telle la chenille qui devient papillon, le Stéphane-admirateur-des-rois allait devenir un Bern-observateur-des-monarchies.

13 et 14 janvier 1992. Une visite du président de la République française au Luxembourg est toujours un

événement riche de sens. C'est le grand voisin qui se penche sur le tout petit ; la culture dominante qui vient prendre des nouvelles de l'un de ses modestes épigones ; c'est aussi un régime désormais bien assis qui rend implicitement hommage à la légitimité d'un autre, non moins établi. Leur caractère régulier a conféré à ces déplacements officiels de part et d'autre une certaine bonhomie ; et l'on n'y voit plus guère que la manifestation très normale de relations de bon voisinage.

Pour ma part, c'était néanmoins la première fois qu'il m'était donné d'assister à une telle visite « de l'intérieur », c'est-à-dire dans la suite du président français. Tout ému, je revis donc mon cher Luxembourg sous un autre angle, celui des petits drapeaux qu'on agite et des tapis rouges, des poignées de main démonstratives et des dîners de gala.

Lors d'une grande réception, le 13 au soir, au château d'Echternach – le palais grand-ducal était alors en pleine restauration –, le grand-duc Jean, en m'accueillant, dit au président : « Vous savez sans doute que M. Bern a de la famille chez nous ; en somme il est moitié luxembourgeois. » Et il avait ajouté : « C'est sans doute sa meilleure moitié… »

Ce fut assurément le plus beau et le plus gentil compliment qu'on m'ait jamais fait.

17 février. J'étais encore assez jeune alors pour qu'on me dispensât, tout naturellement, d'un certain nombre d'obligations sociales, dont celle de rendre les nombreuses invitations dont je bénéficiais. Je fis une exception, ce soir-là, pour recevoir chez moi la princesse

Chantal de France et son mari, le baron François-Xavier de Sambucy de Sorgue. L'appartement que je louais alors dans le quartier de la Madeleine se prêtait assez bien à la circonstance, et je pris plaisir à organiser la soirée.

Très attachée à sa mère, la comtesse de Paris, et d'un tempérament discret qui la retient souvent au second plan, la princesse Chantal n'en est pas moins une personne remarquable, et dont les qualités de cœur ne le cèdent en rien à quelques-unes de ses plus fameuses aïeules. Encouragée alors par des responsables de la NAR, dont Régine Judicis et Bertrand Renouvin, elle envisageait plus ou moins de se mêler au débat public afin de lutter à sa manière contre la progression des idées extrémistes de Jean-Marie Le Pen, et de publier un ouvrage sur la question. Je trouvais l'initiative louable et assurai la princesse de mon soutien dans cette croisade assez audacieuse. Dans l'entourage du comte de Paris, on ne tarderait pas à m'attribuer la paternité de ce livre, de même que certains ont cru reconnaître ma plume derrière celle du prince Jacques d'Orléans, tout récemment, lorsqu'il publia son brûlot sur *Les Ténébreuses Affaires* de son père… On ne prête qu'aux riches, certes ; mais un peu plus de discernement serait bienvenu.

Je n'avais pas encore remis en cause mon engagement auprès de son père, et les destinées de notre association figuraient encore au premier rang de mes préoccupations. Cela aussi allait changer au cours de cette année cruciale…

2 mars. Venu fêter les soixante-quinze ans de l'Alliance franco-britannique, le prince Charles est à Paris pour la journée. Je me rends au château de Saint-Germain-en-

Laye, où il honore de sa présence une belle exposition consacrée à « la Cour des Stuarts à Saint-Germain au temps de Louis XIV ». Le soir même, lors d'un dîner au Cercle Interallié, je l'entends vanter, dans un français charmant, les mérites de l'Entente cordiale.

Je me suis découvert, depuis longtemps, une affinité réelle avec l'héritier de la couronne britannique. De tous les princes dont j'aie eu à traiter, on peut dire qu'il est assurément celui dont je me sente le plus proche ; nous sommes deux fois jumeaux, selon l'astrologie et dans la destinée. En effet, outre que nous soyons nés le même jour – à quinze ans d'écart, tout de même – nous avons eu à nous heurter au même problème dans l'existence : comment vivre et s'épanouir sous la coupe d'une mère puissante, dominant son couple et sa famille, et gardant le temple des conventions au point de rendre ses enfants vulnérables au regard des autres ? Je suis prêt à concéder que ma mère n'a jamais été reine d'Angleterre ; mais, la couronne en moins, je demeure persuadé qu'elle aura joué, à mon égard, un rôle identique à celui d'Elisabeth vis-à-vis de Charles.

16 avril. Mes parents avaient prévu d'assister à une représentation du *Bal masqué*, de Verdi, à l'Opéra. Mais ma mère se sent trop mal pour y aller, et mon père préfère me confier les places. Depuis quelque temps, ma mère subissait les conséquences – terribles et méconnues – de son diabète : baisse de l'acuité visuelle, nécrose, insuffisance rénale… L'année précédente, greffée à Nantes d'un rein et d'un pancréas, elle nous avait paru tirée d'affaire. Mais dans son cas, un simple coup de froid pouvait

tourner au drame ; et c'est ce qui se produisit. Qui aurait pu prévoir, après huit mois d'une rémission à laquelle nous finissions par nous habituer, qu'elle allait disparaître aussi brutalement ?

Le 17 avril au matin, je trouvai porte close chez mes parents. Il était arrivé quelque chose. Dans la matinée, un appel de mon père confirmait mes craintes : il était à son chevet à l'hôpital ; elle était morte dans la nuit. Je ne l'avais même pas revue, je n'avais seulement pas pu lui reparler. Elle venait d'avoir cinquante-trois ans. Pour moi, c'est l'univers qui s'écroule – une catastrophe si grave qu'elle me paraît irréelle.

Malgré la détresse qui nous étreint, mon père, mon frère et moi, nous ne sommes même pas tranquilles pour la pleurer en paix. Le décès étant survenu pendant les fêtes de Pâques, des invités prévus de longue date n'ont pu être décommandés, et je dois occuper aux fourneaux la place laissée par ma mère ! Je m'y emploie de mon mieux, entre deux crises de larmes… Je ne le fais que par respect pour elle, en serrant quelquefois les poings, en me disant qu'elle serait fière de moi. Suivant en cela son exemple, je refuse absolument de m'apitoyer sur mon sort ; ce serait une faiblesse coupable au regard de ses critères, une attitude indigne, en somme.

Les obsèques ont lieu le 21 avril ; au milieu de la famille et des amis, j'aperçois la princesse Chantal, et cela me fait chaud au cœur. Ce sont des gestes qu'on n'oublie pas. Son père, le comte de Paris, m'adressa une lettre touchante, et me demanda, par la suite, comment mon père supportait ce coup du sort. Mais au-delà de la courtoisie du Prince, je sentais que le cœur n'y était plus. Et l'année même où ma mère nourricière me quittait, mon père spirituel, de son côté, sombrait pour moi dans les limbes.

Dans le même temps, j'ai l'impression de redécouvrir mon véritable père. Il se dévoile à nous sous un jour inattendu, plus grave sans doute que de coutume, mais aussi incomparablement plus proche et plus humain. Les liens qui nous rapprochent me paraissent maintenant tangibles, comme régénérés. Moi-même, je me sens différent sans l'être ; j'ai le sentiment de me révéler à mes propres yeux. Quelques semaines avant sa disparition, ma mère m'avait parlé très librement de la mort : c'était pour elle un passage naturel, un changement d'état qui ne lui semblait ni plus ni moins difficile que la naissance. On ne demande pas à venir au monde ; de même, à quel titre refuserait-on de le quitter ? « La vie, me dit ma mère lors de cet échange prophétique, la vie ne nous appartient pas comme un bien ; nous ne pouvons pas en disposer à notre guise… » Notre seule licence – et notre devoir – c'était de continuer l'œuvre entreprise par nos devanciers, et faire vivre en nous leur mémoire pour nous aider, parfois, et nous guider.

Je réalise aujourd'hui que les conceptions de ma mère s'accordaient, au fond, avec ma vision monarchique de la transmission. Dans les familles royales, où « le mort saisit le vif », c'est l'ancien qui confère au nouveau la force d'accomplir ce qui est en son pouvoir. La fidélité n'est pas, pour le jeune souverain, d'inscrire ses pas dans ceux de son prédécesseur ; bien plutôt elle consiste à honorer sa mémoire en se montrant d'abord fidèle à soi-même. C'est quand il s'accomplit, et non lorsqu'il copie, que le successeur continue l'œuvre entreprise – et c'est en me réalisant que je serais fidèle, pour ma part, à l'exemple maternel. Ma mère avait mené son existence tambour battant ; il n'était pas question que j'agisse autrement.

Par la rigueur de son éducation, ma mère nous avait forgé, à mon frère comme à moi, un corpus indestructible d'habitudes et de principes des plus utiles dans la vie. Maintenant qu'elle n'était plus là, je comprenais l'importance de cet inestimable cadeau. J'avais cru longtemps que ma mère s'attaquait à notre caractère ; elle l'avait renforcé, au contraire, et trempé, et bronzé. Loin d'entamer notre personnalité, elle lui avait donné la charpente la plus solide qui soit ; les échafaudages venaient de céder, mais cette charpente, elle, était toujours en place, prête à affronter les pires intempéries. Elle nous avait forgés ; c'était maintenant à nous d'agir.

Tout se passa, dans les jours qui suivirent son décès, comme si ce départ avait libéré en moi une énergie insoupçonnée. Ce qui s'était trouvé bridé dans ma nature se libérait soudain. Je me sentais pousser des ailes, et la seule idée de me montrer désormais digne de ma mère m'appelait à travailler davantage, à m'engager plus loin, à viser d'autres buts. J'avais perdu d'un coup les peurs, les complexes et les inhibitions qui, jusque-là, m'avaient parfois retenu d'agir en accord avec moi-même. Il me semblait que je n'avais plus rien à perdre : puisque j'avais perdu l'essentiel, je ne me laisserais plus chagriner par l'accessoire. Mon échelle de valeurs se recomposait de fond en comble ; et je comprenais que, jamais plus, je ne prêterais le flanc à l'adversité.

J'éprouvais aussi, comme une impulsion neuve, l'envie d'aller au fond des choses, de pousser chaque démarche à son terme, d'exprimer tout ce qui était en moi : la colère comme l'affection, la joie comme la peine. Fi des hypocrisies, des faussetés et des postures mondaines qui, insensiblement, étaient venues troubler mon caractère, par ailleurs très direct. Il n'était que temps de balayer des attitudes dictées par le seul souci stérile de plaire aux gens en place. Sans devenir misanthrope, je sentais poindre en moi de l'impatience contre les formes, même cachées, de l'artifice mondain. Je me fis fort, au demeurant, de mettre un terme à cette appellation de chroniqueur mondain, dont j'avais trop souvent accepté, à regret, de me laisser affubler. « Chroniqueur », soit, pour une partie de mon travail ; « royal » tant qu'on voulait ; mais « mondain », je ne pouvais l'admettre : car c'était réduire à bien peu de chose la substance de mon travail – à sa surface en fait, à son écume.

1er mai. Si je retourne au Luxembourg, c'est pour me jeter, cette fois, dans les bras de ma grand-mère et partager son chagrin d'avoir perdu sa fille. Je retrouve, rue du Maréchal-Foch, la maison de mes séjours d'enfance, avec son jardin en pente et ses arbres fruitiers. Tout, aujourd'hui, me paraît plus petit : la porte vitrée comme la chambre du haut… La seule chose qui soit demeurée grande, c'est ma joie d'être ici, chez moi, dans mon royaume de rêve et de réalité.

Du 9 au 12 juin. Grande nouvelle pour Stéphane Bern : la reine Elisabeth II est à Paris ; c'est sa troisième visite d'Etat en France.

Pour la reine, cette année 1992, la quarantième de son règne, s'était ouverte sur une cascade de drames familiaux ; Buckingham avait dû annoncer coup sur coup la séparation du duc et de la duchesse d'York, Andrew et Sarah, le 18 mars, ainsi que le divorce de la princesse Anne, prononcé le 23 avril. D'autres déboires attendaient la souveraine après sa visite en France ; pendant l'été, ce serait le « Dianagate » consécutif à la divulgation d'un enregistrement clandestin de la princesse de Galles, livrant des confidences désastreuses sur sa vie conjugale (ce scandale serait suivi de la sortie de l'ouvrage indiscret d'Andrew Morton)... Dieu sauve la reine ! Le 9 décembre, son Premier ministre annoncerait aux Communes le divorce de Charles et Diana ; entre-temps, le 20 novembre, son château de Windsor, symbole de la dynastie, aurait été la proie des flammes....

On a beaucoup reproché à la princesse Sarah, née Ferguson, de « n'être pas faite pour le métier ». Et les foudres s'abattirent sur elle, lorsqu'elle fut photographiée, en flagrant délit, se laissant suçoter l'orteil par son conseiller financier... Les Anglais n'avaient pas mis six mois, après son mariage en 1986 avec le prince Andrew, à se détourner de la nouvelle duchesse d'York – qu'ils surnommèrent « duchess of Pork », ce qui se passe de traduction. J'avais eu quant à moi l'occasion de l'approcher, en janvier 1989, lorsqu'elle était venue soutenir l'équipe britannique à un championnat de ski, à Mégève. Nous avions tous deux pour hôtesse la merveilleuse baronne Nadine de Rothschild (une autre de mes bonnes fées) dans son chalet du Mont d'Arbois. Consciente des réserves de sa charge, la flamboyante Sarah avait prié notre photographe de respecter son intimité, alors qu'elle ne dédaignait pas de rire et de s'amuser, une coupe de champagne à la main. Un soir, elle était sortie dîner à Mégève avec sa suite, quand le téléphone sonna au chalet ; voyant que la standardiste peinait à s'exprimer en anglais, je vins à son secours et acceptai le combiné qu'elle me tendit avec soulagement. Je reconnus alors la voix rauque et aristocratique du duc d'York, et lui servis des « Your Royal Highness » qui le mirent en confiance. Le prince m'interrogeant sur l'absence de son épouse, je le rassurai et lui promis de laisser un message à la princesse de sa part. « Comme c'est aimable à vous », me dit-il. Sur quoi, voulant sans doute m'honorer d'un trait de familiarité on ne peut plus « british », il me demanda négligemment quel temps il faisait « par chez nous »... Je lui répondis sur un ton dégagé. Le cher prince aurait tout le temps, par la suite, de constater que le climat conjugal allait se charger de nuages.

Dans l'esprit de nos contemporains, Elisabeth II occupe, incontestablement, une place à part. Elle n'est pas seulement une souveraine, une figure tutélaire et un chef religieux ; dans l'inconscient collectif occidental, la reine est aussi l'héritière de cette lignée matriarcale des figures qui l'ont précédée : l'actuelle reine mère Elisabeth, ancienne duchesse d'York, puis reine elle-même de 1936 à 1952, et qui non seulement porte le même prénom qu'elle mais – accessoirement – se trouve être sa mère ; la reine Mary, populaire et controversée, mais en tout cas inoubliable ; la reine Alexandra bien sûr ; enfin et surtout, la reine Victoria, dont l'empreinte indélébile hante encore l'imaginaire de tous les Anglais.

Elisabeth II Regina ! C'est une légende vivante que je m'apprête à rencontrer pour *Le Figaro.* L'audience doit avoir lieu à l'hôtel Marigny, la résidence des chefs d'Etat en visite à Paris, tout près de l'Elysée. J'y retrouve le quarteron des journalistes sélectionnés pour la circonstance – et c'est pour moi l'occasion gratifiante de leur glisser deux ou trois conseils de bienséance. On s'incline respectueusement devant la reine, mais sans ostentation ; on attend, pour lui parler, qu'elle ait elle-même engagé la conversation ; on ne l'appelle pas « Majesté » mais simplement « Maam » ; on ne s'adresse pas à une tierce personne en sa présence… Pour un peu, mes confrères seraient impressionnés ; et la tension est réelle quand la souveraine est enfin annoncée. Pas de doute : la petite bonne femme qui s'avance vers nous, très gentiment, est bien la reine d'Angleterre, l'une des femmes les plus célèbres du vingtième siècle, et connue de tous les humains ! Un frisson me parcourt. Sans plus. Tout va très vite. La reine nous livre quelques banalités dans un français remarquable. Puis elle passe aux voisins, et encore aux suivants, tout en se dirigeant déjà vers la porte. Dans quelques minutes, elle aura filé à l'anglaise, nous laissant tous perplexes sur la réalité de son apparition…

Il me plaît de penser que, deux mois après la mort de ma mère, il m'aura été donné de rencontrer un court moment la femme qui, dans mon esprit, incarne au plus haut degré cette rectitude et cette droiture dans la conduite, qui demeurent pour moi son plus bel héritage.

2 au 4 juillet. C'est ici qu'il faut replacer la cérémonie, à Dreux, des noces de diamant du comte et de la comtesse de Paris dont j'ai déjà parlé.

Après ce vaste simulacre, je pars pour Crans-sur-Sierre, en Suisse, où je vais passer les vacances aux côtés de mon père. Je mets à profit cette longue période de calme pour reprendre le manuscrit de mon nouvel ouvrage, *La Monarchie dans tous ses Etats.* Après être demeuré longtemps en souffrance, l'écriture du texte reprend soudain, et sur un mode majeur. Les idées me viennent en cascade, et les mots ; le plus difficile sera de suivre leur rythme. Il me semble que ma mère, debout tout près de moi, m'encourage et me stimule. Aucun obstacle ne saurait gêner vraiment, dans ces moments de grâce, le nouveau souffle qui m'habite. Serait-il possible que le flambeau ait été passé à mon insu et que j'aie hérité, sans d'abord en avoir eu conscience, cette énergie et cette ténacité qui, de l'avis unanime, fascinaient tant chez ma mère ?

Un temps considéré comme le maillon faible de la famille, je me révèle en fait le plus rapide à remonter la pente. Et moi que l'on pensait incapable de me débrouiller sans ma mère, voilà que je deviens pleinement autonome... Sa disparition, loin de m'anéantir, paraît, en quelque sorte, avoir fait sauter les entraves qui, jusque-là, bridaient mon caractère... J'en suis certain à présent : ma mère, en mourant, m'a légué la plus belle part de sa force. Elle m'aura laissé, de la même façon, deux leçons de vie qu'elle s'était évertuée à nous transmettre. La première : l'énergie n'est qu'en nous-mêmes et il appartient à chacun de la nourrir et de l'amplifier. La seconde leçon, c'est qu'on ne devient bon qu'en voulant être le meilleur, et le meilleur qu'en sachant préserver, contre tout et tous, son indépendance. Tout être humain, pour ma mère, était un prince en puissance ; peu lui importait qu'il eût ou non du sang bleu dans les veines. Encore fallait-il, pour que se révèle sa noblesse, qu'il sût demeurer lui-même et cultiver sa singularité.

J'entendais, au fond de moi, la voix de ma mère me redisant : « Quand on est soi-même, on est à l'aise partout. Sois authentique et ne te soucie pas du reste ! »

30 novembre au 2 décembre 1992. A l'occasion de la visite à Paris du roi Baudouin de Belgique et de la reine Fabiola, je constate que ma façon de « couvrir » l'événement a évolué. Il y a peu de temps encore, je me serais attaché à l'anecdotique et au pittoresque, soulignant, par exemple, que la reine s'exprime avec un net accent espagnol, et qu'elle appelle, en public, son roi de mari « cherido »... Aujourd'hui, ce type de détail, s'il ne me laisse pas indifférent, ne me paraît plus mériter tant de place ; et j'insisterai bien davantage sur ce climat de bien-être et de sérénité que le couple royal emporte partout avec lui.

Au dîner de gala que donne le président à l'Elysée, je suis présenté juste après le professeur Carpentier, de l'hôpital Broussais. C'est son équipe qui, le 18 mars, a opéré le roi à cœur ouvert. La reine Fabiola lui en garde une reconnaissance infinie, qu'elle ne cherche nullement à dissimuler. « Dieu et Paris ont sauvé le roi », dira-t-elle le lendemain, lors d'un déjeuner au Quai d'Orsay. Pour le couple royal, très pieux, chaque journée gagnée sur la maladie est un sursis vécu comme une grâce de Dieu. Je comprends intimement leur attitude et c'est avec beaucoup d'émotion que j'apprendrai, le 31 juillet de l'année suivante, la mort en Espagne du roi Baudouin Ier.

Je suis d'autant plus fier d'avoir su convaincre à temps la rédaction du *Figaro Magazine* de consacrer, à l'occasion de la visite officielle de 1992, sa couverture au roi Baudouin. Mon article avait pris pour l'occasion un ton nouveau. Moins de formules et plus de vérité ; fini la construction des phrases en « sujet-verbe-compliment... » Obéissant avec retard aux injonctions de Marie-Claire Pauwels, je m'étais lâché – enfin – et je m'étais mis à écrire comme j'avais toujours parlé : avec naturel.

Tintin reporter chez les rois

Le hasard des extensions coloniales et des successions dynastiques a placé certains princes européens sur les trônes les plus éloignés qui soient de notre Vieux Monde. Pour certains, l'aventure se termina très mal ; et ce fut le cas, notamment, du malheureux Maximilien d'Autriche, empereur du Mexique. Pour d'autres, les aléas des politiques tropicales auront eu des conséquences plus mitigées. C'est ainsi qu'il me fut donné de découvrir, au tournant des années quatre-vingt-dix, la famille impériale du Brésil, déchue pour l'heure mais bien vaillante : les Orléans-et-Bragance.

Mon guide en ces terres lointaines valait tous les viatiques : ce fut la comtesse de Paris elle-même, née de ce nom, sœur aînée du chef de la maison du Brésil et brésilienne de cœur sinon tout à fait de son état. Le charisme de Madame, en dépit de tout, est un trait dominant de son caractère ; et c'est peu dire qu'elle me fit découvrir le Brésil de sa famille avec une science et un entrain sans égal. Elle se sentait partout chez elle, connaissait les gens par leur nom, les maisons par l'histoire qui les avait distinguées. Nous prenait-on en faute au beau milieu d'une rue en sens interdit ? « Mais je suis la Princesa Isabel ! » lançait-elle à l'agent, comme si ce seul nom avait eu valeur de passe-droit universel – et ce qu'il semblait être, en effet. Assurément, la comtesse de Paris est mieux connue des Brésiliens qu'elle ne le sera jamais de ses compatriotes français, et, comme elle le dit elle-même avec une naïveté presque touchante, les gens des favellas se cotisent pour acheter ses livres…

L'intérêt du reportage m'appelait avant tout à Petrópolis, à quatre-vingts kilomètres de Rio. C'est dans cette ancienne ville impériale, ombragée de verdure et relevée d'architecture européenne, que Madame nous conduisit hardiment chez son frère, Dom Pedro-Gastaõ d'Orléans et Bragance. Ce grand seigneur d'un autre temps, élégant jusqu'aux pointes de la moustache, reçut avec chaleur notre petite délégation : je m'étais adjoint, pour la circonstance, le concours d'un remarquable photographe d'intérieurs, Guillaume de Laubier. Dom Pedro habitait, avec sa famille, le palais de Graõ-Para, juste en face du palais impérial ; c'est l'ancienne résidence des chambellans de l'empereur. Une grande demeure coloniale, enchâssée dans un luxuriant jardin tropical peuplé d'oiseaux fabuleux : il y eut là d'emblée de quoi combler notre soif d'exotisme. Dom Pedro était encore une force de la nature. A quatre-vingts ans, il n'avait pas son égal pour sonner du cor de chasse ou pour chevaucher des heures durant dans les rues de Petrópolis.

La comtesse de Paris nous avait expliqué qu'une autre Isabelle, leur grand-mère, alors qu'elle régnait cent ans auparavant, avait aboli le servage au Brésil, s'aliénant du même coup les grands propriétaires de l'époque. Alliés à des militaires gavés d'idées positivistes, c'étaient eux, et non le peuple dans son ensemble, qui avaient eu raison de la monarchie brésilienne, et institué à sa place une République illégale et chancelante qui, un siècle durant, avait manqué à tout. Dom Pedro demeurait, par devoir autant que par conviction, disponible à cette restauration dont on parlait beaucoup alors. Par sa femme, Doña Esperanza de Bourbon et Orléans, sœur de la comtesse de Barcelone, décédée le 2 janvier 2000 il se trouvait être un oncle du roi d'Espagne ; et l'exemple de ce neveu digne d'éloges l'encourageait à voir sereinement ce que lui-même appelait plus volontiers une « réinstitution ».

Hélas, il n'était pas le seul prétendant. Son père en effet, en épousant une comtesse tchèque, avait contracté un mariage inégal dont son cousin, royalement marié à une princesse de Bavière, s'était targué pour revendiquer la légitimité impériale. Cette querelle dynastique, qui aurait pu prêter à sourire en d'autres temps, revêtait une importance singulière dans la perspective du référendum qui, en avril 1993, devait appeler le peuple brésilien à se prononcer sur la nature de son régime politique. L'image de la famille impériale s'en trouvait d'autant plus troublée que les représentants de la branche cadette, les rigoureux Dom Louis et Dom Bertrand, avaient depuis longtemps fait allégeance au parti d'extrême droite du TFP – « Tradition, Famille et Propriété » –, trahissant, entre autres, la mémoire de l'aïeule Isabelle.

Quand vint l'échéance attendue, quatre-vingt-dix millions d'électeurs furent donc appelés à répondre à cette question biaisée : « Voulez-vous la monarchie, un régime parlementaire ou le maintien du système présidentiel en vigueur ? » Le conservatisme inhérent à ce type de scrutins devait jouer, naturellement, en faveur de ce dernier, ce qui n'empêcha pas 13 % des électeurs, dont une majorité issus des couches les plus humbles de la population, de se prononcer pour la monarchie. Dom Pedro s'était posé en garant de la stabilité politique et de l'intégrité des classes dirigeantes ; son message avait été entendu, mais moins cependant que les dissensions qui l'opposaient très vertement à ses cousins du TFP, moines-soldats égarés dans les confins du millénaire... Il devrait donc continuer de mener officieusement une action néanmoins décisive dans les rouages de l'Etat brésilien. Toujours invité aux cérémonies officielles, il est considéré par la plupart de ses compatriotes comme un témoin essentiel de leur histoire.

Reste, pour moi, l'image de ce bon patriarche, sage gardien d'une tradition d'ouverture et qui, dans le décor édénique de son jardin du bout du monde, nourrissait à la cuiller son perroquet d'Amazonie, de sucre trempé dans du café. Une fois de plus, la vraie monarchie me semble résider dans cette réserve digne, dans cette attitude discrète et humaine, et que sait apprécier le cœur généreux des Brésiliens. Pour nous, Français cartésiens et froids, et tristes, la simple idée d'une restauration peut paraître hasardeuse ; et nous ne savons que railler, dans un hoquet de réalisme, des sentiments, des émotions, des transports qui, au Brésil, sont monnaie courante. Aucune monarchie ne saurait exister sans amour ; toutes ne valent que par cette part de rêve qui fait songer les peuples à leur enfance. Oui, l'idée que Dom Pedro allait descendre de son cheval pour gravir les marches du trône fut pour nous tous un rêve bien doux ; et je ne rougis pas de l'avoir partagé avec quelque dix millions de bons citoyens au sang vif.

Je devais retrouver Dom Pedro à diverses reprises, notamment en Andalousie, à Villamanrique de la Condesa, le palais Orléans que son épouse, Doña Esperanza, avait hérité de sa mère, l'infante Louise. J'étais allé y rendre visite à la famille impériale du Brésil alors qu'elle fuyait l'hiver subtropical en prenant ses quartiers d'été à quelques kilomètres de Séville. Le but de mon séjour était de questionner Dom Pedro et son épouse sur la reine Amélie de Portugal, tante de Doña Esperanza. Autant Dom Pedro était disert, drôle, emphatique, autant son épouse était réservée et répugnait à livrer ses souvenirs de famille comme s'ils avaient recelé de lourds secrets d'Etat. « Lorsque nous nous sommes mariés, en 1944, finit-elle par me lâcher, la sœur de ma mère (l'infante Louise) qui était aussi ma marraine m'a une nouvelle fois témoigné sa générosité. La reine Amélie m'a envoyé en cadeau de noces une magnifique parure d'émeraudes. Pleine de précautions, elle l'avait confiée à une dame qui devait nous l'apporter par la suite au Brésil. Quelle ne fut pas notre surprise en trouvant les joyaux dissimulés dans une boîte de sardines ! »

A l'heure où l'on veut que les familles royales se serrent la ceinture et cessent de rouler carrosse (comme si l'emploi de la bicyclette à la cour des Pays-Bas empêchait la reine Beatrix d'utiliser le carrosse d'or pour ouvrir chaque année la nouvelle session du parlement de La Haye), je ne m'étonne pas de l'afflux de visiteurs qui se pressent chaque jour à la Tour de Londres ou devant la salle du trésor du château de Stockholm, pour y admirer les joyaux de ces Couronnes. La même nostalgie guide les visiteurs devant les pierreries exposées à Vienne, Munich, Moscou, Istanbul... Pour quelle obscure raison dédaigne-t-on le trésor royal du Louvre, dans le somptueux écrin de la galerie d'Apollon, qui, seule au milieu des salles désincarnées, nous donne encore une idée des fastes royaux de l'endroit ? Le Sancy, le Régent, le diadème de Joséphine et le bracelet de l'impératrice Eugénie, en attendant la parure de la reine Marie-Amélie (intégrée aux collections en 1985, lorsque le musée racheta ce trésor au comte de Paris, après sa saisie à la frontière suisse...) : tous ces bijoux merveilleux n'ont cessé de me raconter leur histoire – et l'épée du sacre de Charles X elle-même, volée en 1979 et jamais retrouvée depuis. Les grands joyaux de la couronne de France m'ont souvent transporté en rêve vers des Indes lointaines, celles des cipayes et des maharajas !

Au demeurant, ce sont bien des bijoux qui, la première fois, me poussèrent vers les contrées orientales. Voici comment : la charmante Marie-Claude Parnaud, qui défendait en France les couleurs de la joaillerie Harry Winston, devait recevoir à Paris la princesse Chulabhorn de Thaïlande et son mari. Je ne me fis guère prier pour assister au dîner donné en leur honneur, et d'autant moins qu'au plaisir de côtoyer la princesse promettait de se mêler celui de lever un coin du voile sur cette étonnante maison de joaillerie, dont le nom restait pour moi indissociable du fameux « Hope Diamond », cette gemme énorme et qu'on disait avoir porté malheur à tous ses propriétaires... Mais ce qui me frappa le plus, au cours du dîner, ce fut l'attitude de déférence outrée qu'adoptaient les membres de la délégation thaïlandaise en présence de la fille de leur Dieu vivant ; presque agenouillés quand la princesse se tenait debout, ils disparaissaient proprement sous la table pour peu qu'elle eût le désir de s'asseoir. Une telle étiquette, par ce qu'elle laissait deviner des traditions locales, me donna envie d'en voir davantage. Et c'est avec zèle que j'acceptai l'invitation, lancée au cours du repas, à me rendre à Bangkok pour accompagner l'exposition que devait y présenter la maison Harry Winston à l'occasion de la grande fête annuelle du Fleuve.

L'accord passé entre le joaillier et la princesse s'inscrivait dans le cadre de la campagne menée par cette dernière, sous l'égide de l'OMS, contre la prolifération du sida en Extrême-Orient. L'essentiel des manifestations prévues présentait donc un caractère humanitaire et caritatif – ce que la présence de Liz Taylor parmi les personnalités présentes à Bangkok soulignait assez. Pour un reporter comme moi, l'objectif avoué de tels déplacement est d'y traquer des instants rares, des moments forts, des émotions. Sur ce plan, mon voyage à Bangkok fut un grand succès. Dès le premier soir, la promenade qu'on nous offrit sur le fleuve, à bord des magnifiques barges royales, présenta tous les signes d'une expérience mémorable : tant d'invités de marque, embarqués sur tant de trésors flottants, dans un cadre tellement grandiose ! Or, toute la suite du séjour se révélerait digne d'une entrée en matière en tout point somptueuse.

Le plus grand des spectacles nous fut offert deux jours plus tard, à l'occasion d'une cérémonie royale au Wat Phra Kaeo, le temple du Bouddha d'émeraude. Sa chapelle abrite la statue la plus vénérée du monde asiatique, sculptée en fait dans un bloc de jaspe vert. Le dieu revêt trois costumes traditionnels en fonction des saisons, et c'est au roi seul qu'il appartient de procéder au changement de ces tenues richissimes. M'approchant aussi près qu'il était permis de le faire à un infidèle, je pus donc assister, ébahi, à l'une des cérémonies les plus hiératiques, les plus imposantes qui se puisse imaginer, tous protocoles de cour confondus. Ajoutons à cela que le roi Râma IX, de son vrai nom Bhumibol Adulyadej, neuvième monarque de la dynastie Chakri, et qui règne sur la Thaïlande depuis 1946, est un des personnages les plus impressionnants qu'il m'ait été donné de rencontrer ; et qu'on a bien de la peine à imaginer, sous les traits figés de sa figure sacrale, le joueur subtil de saxophone qu'il se flatte d'être par ailleurs…

Un certain goût de l'anecdote, que d'aucuns trouveront peut-être déplacé, m'incite à préciser que pour nous rendre à cette cérémonie des limousines escortées étaient venues nous chercher à l'hôtel. Or, ce matin-là, au grand dam de tous ceux que la dignité royale ne laisse pas indifférents, Mme Elizabeth Taylor était en retard et se faisait attendre. Sous n'importe quelle latitude, dans des circonstances similaires, le cortège aurait attendu le bon vouloir de la star hollywoodienne – sous n'importe quelle latitude, sauf en Thaïlande ! Imperturbable, le chef du protocole donna en effet l'ordre aux voitures de s'ébranler sans elle vers la Cité des Anges : un trône séculaire ne plierait donc pas devant une couronne de gloire somme toute éphémère…

A l'issue de la cérémonie, une audience me fut accordée dans la fournaise de l'après-midi, au palais royal. Et c'est devant les ornements pompiers que j'avais vus souvent servir de cadres aux photos officielles que la princesse Chulabhorn m'accorda un entretien en tête à tête. Elle était assise sur un canapé très ouvragé, ruisselant de dorure ; moi sur un fauteuil assorti et guère plus modeste d'aspect... Pour ajouter à l'intimité, nous étions entourés de six bonnes douzaines de grands dignitaires réduits à l'état de « loufiats » en sueur, tous à peu près allongés sur le sol aux pieds de la princesse. Mon métier m'avait certes habitué, au cours des années, aux situations les plus contraignantes ; mais celle-là eut raison de ma résistance. Au bord de l'évanouissement, je dus demander à la princesse de faire évacuer cette armée de serviteurs prosternés. D'un geste de la main, elle les dispersa comme des souris apeurées ; tous se coulèrent, à genoux et à reculons, vers des issues qui me donnèrent l'impression de les aspirer. Alors seulement, je pus reprendre mon souffle... et l'entretien.

La veille, c'est une princesse tout autre que j'avais pu voir, sur le terrain, dans l'exercice de ses activités. Diplômée d'une faculté de médecine, Chulabhorn est, quand le cérémonial le lui permet, une jeune femme efficace qui se déplace dans les hôpitaux pour se rendre compte des mesures prises dans le cadre de sa mission de l'OMS. Conduisant elle-même sa voiture, je l'avais vue mener énergiquement une visite pourtant très dure dans un service où de nombreux jeunes malades se mouraient du sida, victimes en fait d'un des fléaux qui minent ce pays : celui de la prostitution enfantine.

Admirant l'abnégation très incarnée de cette fille de Dieu vivant, je ne pouvais que rapporter son action à celle que mènent, sans relâche et partout dans le monde, d'autres princesses, pour d'autres causes. On a beaucoup parlé de l'engagement de Diana dans sa croisade contre les mines antipersonnel. Sans vouloir lui en retirer le mérite, il me paraît utile de rappeler le travail inlassable de la princesse Anne d'Angleterre à la tête de son Save The Children Fund, de la princesse Irène de Grèce avec son Mundo in Harmonia, de la grande-duchesse héritière MariaTeresa de Luxembourg dans son engagement pour les droits de l'enfant, et de toutes les autres. Ces femmes dévouées, parce qu'elles n'ont nul besoin de solliciter les voix de leurs compatriotes, peuvent se consacrer au soulagement des plus nécessiteux. Mieux : en braquant les projecteurs sur des personnes souvent exclues, elles contribuent à l'évolution des mentalités. Hier, quand les reines Juliana ou Fabiola se portaient au chevet des victimes d'accidents de polders pour l'une, de mines pour l'autre ; aujourd'hui, quand les reines Silvia de Suède, Sophie d'Espagne ou Paola de Belgique se penchent ensemble sur la condition de l'enfance dans le monde, elles ne faisaient et ne font toujours pas autre chose. Ces assistantes sociales de première catégorie devraient être déclarées d'utilité publique.

Aussi bien la princesse Chulabhorn fut à bonne école. Sa mère, la reine Sikirit, celle-là même que le général de Gaulle appelait la plus belle reine du monde, et dont le prénom signifie « rossignol », ne consacre-t-elle pas le plus clair de son temps à aider de jeunes femmes démunies ? Ses ateliers d'artisanat emploient des centaines de Thaïlandaises pauvres dont beaucoup parviendront à se réinsérer dans la société. Cette reine Sikirit, j'eus une merveilleuse occasion de l'approcher, lors d'un grand dîner qui fut donné, la veille de notre départ de Bangkok, au palais de Chitralada, résidence privée des souverains. C'est une immense maison toute blanche, de style colonial, et sise dans un immense parc verdoyant, comme un poumon vert au sein d'une cité par ailleurs très construite. Nous y fûmes accueillis par un troupeau d'éléphants blancs, animaux très rares offerts en hommage à Leurs Majestés, et qui sont un peu les maîtres du grand parc. A l'intérieur, je ne pus qu'être frappé par l'écart considérable entre l'apparat du service – vaisselle d'or et cristallerie d'exception, autour d'un énorme aquarium occupant le centre de la table et garni de superbes poissons très rares – et la franche bonhomie du couple royal et de la famille, plus détendus que la veille au palais royal.

Je me dis alors que si les choses rares sont, par destination, l'apanage des rois, la simplicité finit toujours par être leur attribut naturel. Ornement de leur pays, Râma IX et Sikirit en sont aussi l'emblème et la fierté ; ils sont comparables à la pièce ouvragée qui tient un arc en ogive et qu'on appelle clé de voûte ; leur caractère ornemental masque à peine l'importance d'un rôle plus fondamental : enlevez la jolie clé de voûte, et l'édifice entier s'écroule. L'histoire récente nous a donné plusieurs exemples du rôle essentiel assumé par le roi de Thaïlande en tant que modérateur de la vie politique de son pays ; et sans pouvoir encore le mener à une vraie démocratie, il reste le seul garant efficace d'une certaine légalité comme d'un certain équilibre. Les souverains thaïlandais sont très modernes en dépit des apparences ; ils assument parfaitement la dimension sacrale qui leur est attachée, et l'utilisent à bon escient pour assurer leur rôle ; le roi pour calmer les passions politiques ; la reine et les princesses pour mener un combat social.

Tout autre, hélas, est la situation du petit royaume voisin. Quittant Bangkok, j'avais cru bon de faire, sur le chemin du retour, un crochet par Katmandou. Quelques jours après le dîner parisien en l'honneur de la princesse Chulabhorn, j'avais en effet rencontré au Ritz le roi Birendra du Népal, ainsi que la reine Aishwarya à la réputation controversée. Leur chef de cabinet, sans doute grisé par les lumières de Paris, m'avait cordialement invité à leur rendre visite dans leur palais Narayanhity. Hélas pour moi, j'atterris là-bas dans un moment où la Fédération indienne venait de décider le blocus économique d'un pays qui n'avait pas besoin de cela, et dans une période passablement troublée sur le plan de la politique intérieure.

Incarnation du dieu Vishnou, le roi du Népal est, comme son puissant homologue à Bangkok, monarque de droit divin ; mais il est de surcroît souverain absolu quand le roi de Thaïlande est, lui, soumis à une constitution. Pour autant, c'est peu dire que son autorité lui est âprement discutée. Dans le pays très pauvre qu'est le Népal, le malheureux roi Birendra n'est tout simplement pas en mesure d'assurer la cohésion de son peuple.

La première audience au palais me donna la tonalité d'un séjour qui s'annonçait pesant. Les arbres de l'enceinte royale, qui croulaient sous le poids des chauves-souris, entouraient une vaste bâtisse sans grâce, abritant le siège même du pouvoir suprême ! On nous fit entrer, sans trop de cérémonie, dans une sorte de halle communale qui tenait lieu de salle d'audience. Le roi était assis là, au milieu de plusieurs dignitaires ; il portait des lunettes noires à la Jaruzelski, ce qui rendait impossible le travail du photographe. Je priai le chambellan de demander à Sa Majesté si elle consentirait à retirer cet accessoire gênant ; on me répondit sèchement que nul n'était autorisé à voir les yeux du Dieu vivant, et je ravalai ma salive.

Puis on me proposa de poser une question, ce que je m'empressai de faire. Après une traduction qui me parut bien hésitante, le conseiller présent me suggéra de rentrer à mon hôtel et de revenir le lendemain pour la réponse... Je compris alors que nous ne pourrions rien tirer de publiable d'une pareille rencontre. Le photographe décida de plier bagage et de rentrer via Delhi ; moins confiant dans les liaisons aériennes locales, je préférai attendre trois jours et rentrer sur les lignes thaïlandaises, via Bangkok. J'en profitai pour faire un peu de tourisme autour de Katmandou, ce qui s'apparentait à un raid d'aventure. Pourtant, et malgré ces petits inconvénients de fin de voyage, le côté « Tintin reporter » de tout cela me ravissait. Plus ou moins consciemment, j'avais toujours rêvé d'inscrire mes pas dans ceux du héros d'Hergé ; or je n'aurais jamais pensé, auparavant, que ma passion pour les têtes couronnées – quelles qu'elles fussent – m'y conduirait un jour, et presque sans que je l'aie cherché.

Je ne me suis jamais senti aussi proche de Tintin que lors du reportage qu'on me commanda, à l'instigation des Galeries Lafayette, sur la vie quotidienne du maharaja de Jodhpur. Le pays, les couleurs, et jusqu'au parfum de délicate nostalgie qui nimbait la forteresse Neherandgarth : tout concourut alors à me rappeler la bande dessinée de mon enfance. Je fus reçu par Son Altesse Gaj Singh II en son palais Umaid Bhawan, construit après l'Indépendance pour accueillir les installations d'un hôtel de luxe. Comme un souverain exilé dans son propre palais, le maharaja, qui me présenta toute sa famille, me fit aussi les honneurs de l'énorme Buick qu'il remisait soigneusement comme le plus fier des carrosses, et qui ne servait jamais que le jour de son anniversaire...

Plus encore que de coutume, je pus constater, cette fois-là, l'étonnant décalage entre le relatif cérémonial dont s'accompagnaient les gestes du prince dans son palais, et l'indifférence absolue qui l'entourait une fois les portes franchies. Je me suis en effet trouvé assis non loin de lui, sur le vol régulier qui me ramenait à Delhi – il empruntait souvent la ligne en tant que membre, élu démocratiquement, du parlement de l'Union... –, or je puis attester que les hôtesses, pas plus que les contrôleurs, ne lui concédaient aucun privilège. Certes, depuis 1971, les maharajas ont perdu, en Inde, leurs très nombreuses prérogatives ; fallait-il les priver pour autant du minimum de dignité afférente à leurs titres – ne serait-ce que par respect pour des populations qui, contre vents et marées, continuent de les vénérer ?

Me coulant avec amusement dans ma nouvelle peau de Tintin des rois, je n'eus de cesse, des années durant, de traquer l'exotisme dans les monarchies les moins conventionnelles. Si je devais, au bout du compte, décerner une palme de l'originalité, c'est assurément au sultan d'Oman, Qaboos ibn Saïd, qu'elle reviendrait de droit. Après un premier voyage de reconnaissance à l'occasion de l'anniversaire du monarque, le 18 novembre, je fus invité à me rendre à Mascate, quelques semaines plus tard, au moment où le souverain effectuait son fameux « Meet-the-people Tour » – entendez la tournée des tribus nomades constituant l'assise même de son pouvoir. Un roi courant de lui-même à la rencontre de ses sujets ne me paraissait pas pouvoir être un mauvais homme ; et de fait, je fis la rencontre d'un homme de bien.

Il est de tradition, dans les pays arabes, d'attendre longtemps, parfois des journées entières, avant de rencontrer les personnalités royales ou princières. Pour tromper mon attente, on me servit ce jour-là, dans une caravane climatisée installée en plein désert, un repas présenté dans une inconcevable vaisselle de vermeil. Les ministres se succédaient à ma table pour m'entretenir de banalités courtoises. L'ambassadeur de France, M. Koetschet, qui avait toutes les peines du monde à être reçu, m'avait préparé à l'entretien dès mon arrivée sur le sol d'Oman : « Parlez-leur de la France autant que vous pouvez, m'avait-il demandé ; au sultan, surtout. »

Enfin je fus introduit sous la tente rouge et verte, toute simple mais fort élégante, de mon hôte princier. Le sultan Qaboos me frappa tout de suite par sa voix chaude et son regard profond. Suprêmement distingué, il se prêta de bonne grâce à l'entretien, et accepta sans impatience que je me fasse l'interprète de notre ambassadeur. A la fin, fidèle à une coutume digne des *Mille et Une Nuits,* il me demanda, dans un anglais qui fleurait bon l'Académie militaire de Sandhurst, de formuler trois vœux, qu'il se ferait un plaisir d'exaucer. Je demandai d'abord à visiter les jardins et les écuries du palais royal ; et ce fut un enchantement : l'on me promena dans des champs immenses de roses et de tulipes, soigneusement entretenus par des spécialistes venus des Pays-Bas ; l'on me laissa marcher dans les allées verdoyantes et fleuries de ses palais tandis que, derrière moi, un serviteur zélé effaçait la trace de mes pas, l'on me fit aussi découvrir les fameuses écuries du sultan, où les chevaux, soignés par des Irlandais, sont installés dans des boxes à air conditionné, avec vue sur la mer… Je demandai ensuite au sultan le privilège d'assister à un défilé de sa garde personnelle, un régiment écossais avec cornemuses et tartans dessinés par le prince lui-même. Une image me traversa l'esprit : Qaboos d'Oman, c'était Louis II de Bavière en plein désert, un petit monarque infiniment raffiné, qui se permettait d'entretenir un opéra entier pour son usage privé, avec des chœurs et des chanteurs qui recevaient leur formation dans les plus grands établissements d'Europe. Louis II et Lawrence réunis, avec en plus la politesse arabe !

Ma troisième requête fut de pouvoir rendre visite, de sa part, à une tribu bédouine. C'est ainsi que j'assistai à la plus inspirée, à la plus sincère des coutumes qu'il m'ait été donné de voir : celle de l'accueil d'un étranger recommandé par le sultan. Reçu par le chef du village nomade et par ses fils, j'ai pu mesurer tout le raffinement des traditions bédouines. On pourra me reprocher, en lisant ces pages, de ne m'intéresser qu'aux têtes couronnées ; ce ne sont pas tant les couronnes qui excitent ma curiosité que ceux et celles qui les portent. Tout en mesurant la chance qui m'a été donnée de côtoyer un certain nombre de ces princes, j'ai toujours, pour ma part, privilégié la valeur humaine à la position sociale. Je n'ai jamais boudé mon plaisir à collectionner les « expériences royales », goûtant même avec délices ce rare privilège, mais est-il besoin de préciser que rien ne vaut la sincérité d'une vraie rencontre ? Certes, le sultan Qaboos a flatté mon orgueil de reporter en me recevant dans son intimité, mais c'est mon cœur qu'ont su toucher les membres de la tribu qui m'ont accueilli avec chaleur et générosité.

La civilisation arabe a cela de fascinant pour nous qu'elle respecte en tout l'ordre des choses. Un père reste un père, un fils aîné a le pas sur ses cadets, les femmes sont respectées dans leurs attributions traditionnelles... Plusieurs fois je devais ressentir, par la suite, la même admiration pour des traditions arabes qui, par ailleurs, n'interdisent nullement l'évolution des mœurs, et savent, à l'occasion, réserver aux femmes, dans la vie publique, une place plus importante qu'on ne le dit souvent.

Deux voyages en Jordanie me donnèrent, notamment, des occasions de renouer avec ces sentiments. La première fois, j'étais venu à Amman pour y rencontrer le frère du roi Hussein, le prince Hassan, qui était alors l'héritier du trône, et sa femme, la princesse Sarvath. Mes hôtes m'avaient reçu dans une belle maison coloniale d'allure toute britannique, mais sans rien renier des traditions attachées à leur pays. Apôtre du rapprochement islamo-chrétien, le prince Hassan me fascina très vite par sa hauteur de vue et la culture encyclopédique dans laquelle s'enracinait sa pensée. Il parlait couramment une dizaine de langues, dont plusieurs mortes depuis longtemps, et n'ignorait rien des subtilités de sa culture ni de la nôtre. Mon authentique côté « Tintin reporter » trouva matière à délectation lors de ce voyage. Le couple princier avait, en effet, jugé bon pour notre reportage de m'inviter à Amman lors de la visite officielle qu'effectuait en Jordanie le couple héritier du Japon, Naruhito et Masako. Aux premières loges, sur le tarmac de l'aéroport, j'assistai à l'impressionnant débarquement de la délégation nipponne que deux Boeing 747 contenaient à peine. Reste que pour les ambassadeurs de l'empire du Soleil levant, le voyage en Jordanie avait tous les charmes d'une échappée vacancière. Ils semblaient tout étonnés d'être délivrés de la chape de plomb protocolaire à laquelle l'agence de la maison impériale les assujettit ordinairement. Cantonné derrière mon cordon de sécurité, je pus admirer de près avec quel appétit la princesse goûta au banquet officiel qui réunit au palais les deux couples héritiers, japonais et jordanien. Las, la nouvelle du tremblement de terre de Kobé vint interrompre la promenade de santé du couple princier japonais. Ils furent aussitôt le sujet d'un dilemme qui agitait furieusement leur entourage : la raison d'Etat aurait voulu qu'ils rentrent sur-le-champ dans leur pays meurtri ; mais la courtoisie s'opposait à un départ précipité qui pouvait provoquer un incident diplomatique. Seuls les principaux intéressés ne furent pas consultés et, au terme de tergiversations, ils purent enfin regagner le Japon, laissant le couple héritier jordanien désolé – mais plus disponible pour me recevoir.

L'ouverture à l'Occident de la famille royale de Jordanie n'a pas été sans certains excès. Et ma visite à la reine Noor, deux ans après mon entretien avec son beau-frère, m'en fit découvrir les limites. Le parcours même de la souveraine aurait dû m'avertir du tour que ne pouvait manquer de prendre le reportage. Elevée aux Etats-Unis par un père syrien et une mère d'origine suédoise, cette blonde aux yeux clairs, diplômée d'architecture et très lancée dans l'élite américaine, avait rencontré le roi en 1977, peu après l'accident d'hélicoptère qui venait de lui ravir sa troisième épouse. Très distinguée, toujours soucieuse d'apparence et de beauté, la jolie Noor, devenue reine, s'était révélée une femme de paix, impliquée dans diverses causes humanitaires et culturelles, et par-dessus tout décidée à faire évoluer le statut des femmes musulmanes.

Mais il n'était plus question, avec elle, d'alliance équilibrée de deux cultures ; son but inconscient était l'avancée de la culture occidentale au sein même du royaume hachémite. Utile dans les relations diplomatiques avec Washington, l'occidentalisme de la souveraine me parut plutôt un problème dans l'exercice quotidien de sa charge. Un geste dira bien l'ambiguïté de sa position : nous étions en plein Ramadan quand je lui fus présenté, mais cela ne l'empêcha pas de me proposer un rafraîchissement ; et comme je déclinais discrètement sa proposition pour ne pas indisposer les musulmans qui nous entouraient, la reine crut bon de dissimuler derrière une potiche son propre verre de jus d'orange... De même, lors de notre visite sur le site archéologique de Jerash, nous la vîmes éviter tout un groupe de Jordaniens réticents pour aller s'attarder avec des touristes américains qui n'en croyaient pas leurs caméscopes. « Look, look at the Queen ! » hurlait à ses compatriotes un admirateur du Kansas, visiblement furieux d'avoir oublié son appareil photo dans l'autocar. Il fallut une remarque discrète, mais ferme, du dignitaire de la Cour qui nous accompagnait, pour que la souveraine cesse enfin de prendre la pose au milieu des « Yankees ».

La conduite exemplaire de la reine Noor au moment de l'agonie de son royal époux devait faire taire, en 1999, les critiques à peine voilées la concernant. Grande, elle le fut assurément dans cette circonstance ; et la dignité dont elle entoura les derniers jours du roi Hussein lui a valu l'hommage des Arabes comme celui des Occidentaux. Mais il est évident que la nouvelle reine, Rania, par la fraîcheur de son sourire et sa modestie naturelle, a conquis autrement les cœurs ; peut-être parviendra-t-elle, à force de délicatesse, à assouplir les traditions de son pays sans les vider de leur substance. C'est un peu le défi que devra relever la nouvelle génération de ces rois qui, d'Abdallah de Jordanie à Mohamed du Maroc, vient de reprendre le flambeau au Maghreb et au Machreq. Parce qu'ils incarnent la continuité historique, ils sont, mieux que d'autres, à même de faire avancer leur pays vers la démocratie, mais sans heurt, sans bouleversement – presque en douceur.

On aurait pu croire qu'un intérêt dévorant pour les couronnes royales m'aurait confiné *ad vitam aeternam* aux frontières de la vieille Europe : mon menu se serait ainsi limité à une Fête du Prince à Monaco, au mariage d'une infante d'Espagne ou aux éternels déboires sentimentaux de la famille royale britannique… Il n'en a rien été. Bien au contraire, ma fascination pour la monarchie dans tous ses Etats m'aura conduit à sillonner le monde en quête d'émotions toujours nouvelles et de situations inattendues. Un perroquet qui boit du café au Brésil, des éléphants blancs en Thaïlande, des jardins suspendus en plein désert d'Oman… Ne manquent à mon tableau de chasse que quelques monarchies du bout du monde, encore inexplorées. Le « Tintin chez les rois » qui sommeille en moi brûle de connaître le royaume des îles Tonga ou des îles Samoa, de rendre visite aux rois

Mswati III du Swaziland et Letsie III du Lesotho, sans négliger d'aller forcer les frontières très fermées du Bhoutan où règne le roi-dragon Jigme Singye Wangchuck. La chronique royale mène partout, sur les cinq continents. Je ne vois guère que les Etats-Unis pour échapper à ma zone de compétence. Pour ma part, je ne m'en suis jamais plaint.

De royales circonscriptions

Les Scandinaves

Les monarchies du nord de l'Europe auront constitué, au milieu des années quatre-vingt-dix, mes destinations favorites. Les reportages que j'en rapportais se distinguaient par un caractère de familiarité et d'authenticité qui correspondait bien à ma conception de la monarchie. J'avais assisté, en 1991 à Oslo, aux obsèques du roi Olav V de Norvège. La cérémonie, belle et sobre, m'avait frappé par la quantité de têtes couronnées venues accompagner le roi défunt dans son dernier parcours : du roi de Suède au roi d'Espagne, du prince de Galles au prince héritier de Monaco, du prince héritier du Japon à celui de Thaïlande – sans oublier mon grand-duc. « Un cortège de rois », avais-je titré, aux funérailles du roi de Norvège. L'Europe et le monde paraissaient s'être rassemblés, comme dans les arbres généalogiques qui m'avaient tant fait rêver, adolescent. Tous les souverains présents portaient le cordon rouge et blanc de l'ordre de Saint-Olav, et cela renforçait l'esprit d'unité qui semblait les avoir réunis.

Au fond, ce qui m'attire le plus en ces solennités, c'est la concentration de symboles vivants qu'elles rendent possibles, leur brillant aréopage de têtes couronnées, comme si j'avais besoin de cette vision du monde, incarnée et humaine, pour mieux en embrasser les contours. Non que j'aie tant prisé les funérailles de chefs d'Etat, mais je ne vois guère que ces augustes occasions pour rassembler tout mon Gotha. Et sans esprit morbide, je dois confesser que les obsèques du roi de Norvège m'ont à cet égard comblé. D'autant que l'Europe des rois reste à mes yeux une grande famille, dont les racines sont immémoriales et les ramifications cosmopolites. Je dois bien reconnaître, au demeurant, que je navigue plus à mon aise sur les canaux du sang bleu et dans les méandres des généalogies royales que dans ma propre ascendance, pourtant bien plus simple – mais ô combien moins porteuse de rêve, et d'histoire !

Avec Olav V, nous enterrions à la fois un arrière-petit-fils de la reine Victoria – sa mère était en effet la reine Maud, fille d'Edouard VII – et un petit-fils du roi Haakon VII de Danemark, descendant lui-même de Christian IX dont une fille, Alexandra, avait épousé, justement, Edouard VII, et une autre, Dagmar, avait été la mère du dernier tsar… Une telle illustration familiale, pour fabuleuse qu'elle me soit apparue, ne pouvait cependant suffire à retenir l'attention de mes lecteurs. Ecrire pour un magazine comme *Madame Figaro,* en rien spécialisé dans l'actualité du Gotha, c'est se contraindre à souligner, dans chaque sujet, son aspect le plus universel.

Au reste, mon appartenance à une maison prestigieuse comme *Le Figaro* présentait des avantages certains, notamment pour se faire accréditer. Aux obsèques du roi Olav comme à d'autres, j'avais eu la satisfaction d'être bien placé, à la différence de mes confrères de journaux plus modestes. Mes obligations actuelles à la télévision me font regretter, parfois, cette époque bénie où je pouvais, à ma guise, être présent aux grandes solennités. J'y retrouvais régulièrement les mêmes confrères, représentant de grands titres de la presse mondiale – même si le règne croissant de la photographie, réduisant les articles à une peau de chagrin, a eu tendance, depuis un quart de siècle, à marginaliser le reportage sur place. C'est tellement plus facile de rester dans son bureau pour y légender des photos achetées souvent à prix d'or ! Mais c'est aussi tellement plus ennuyeux ! Pour moi, j'ai continué, dans la mesure du possible, à me rendre sur les lieux mêmes, pour y saisir l'esprit de l'événement et en capter, si possible, la magie.

Quelques mois après le décès du roi Olav, je me rendis ainsi aux cérémonies marquant l'avènement de son successeur, Harald V, et de la reine Sonia. Si je ne l'avais pas sentie moi-même, comment aurais-je pu rendre l'atmosphère envoûtante créée par les fameuses nuits blanches ? Le couronnement, en effet, avait lieu à Trondheim, au nord de la Norvège ; nous avions gagné cette destination par le train royal, qui traversait toutes les petites villes où les nouveaux souverains étaient fêtés et acclamés. Ce jour-là, dans mon destin de « Tintin au pays des rois », j'éprouvai le sentiment d'être là où j'avais toujours voulu me trouver ; là où rêve et réalité se fondent dans une seule et même impression d'aboutissement.

Dans ces années-là, je fréquentais aussi le « royaume des oiseaux blancs », comme l'appellent les Danois eux-mêmes. Je me rendais notamment au palais d'Amalienborg, à Copenhague, pour assister aux conférences de presse de la reine Margrethe II. Anniversaire de mariage, cinquante ans de la reine, petit jubilé du règne... Toutes les occasions m'étaient bonnes pour venir écouter cette souveraine unique en son genre, à la fois déroutante et pleine d'humour. Car le plus attrayant, dans ces réunions où l'on était conduit en cortège sous escorte, c'était l'humour d'une reine capable d'un étonnant recul et d'une lucidité singulière. On sent parfois, chez elle, l'angoisse poindre sous l'ironie – et son regard se perd alors dans la fumée de sa cigarette. J'ai toujours apprécié, quant à moi, chez le couple royal du Danemark, ce mélange de majesté et de bonhomie si propre aux monarchies scandinaves. En tant que Français, j'ai toujours éprouvé une certaine fierté à ce que le prince consort Henrik de Danemark se souvienne du temps où il n'était encore qu'Henri de Montpezat, secrétaire à l'ambassade de France à Londres. Lors des diverses conférences de presse auxquelles j'ai assisté, il prenait un vif plaisir – ainsi que la reine, du reste – à s'exprimer en français, même si alors j'ai pu mieux comprendre ce que d'aucuns lui ont quelquefois reproché, à savoir la hauteur du ton, une expression que l'on pourrait prendre à tort pour de la morgue ou de l'arrogance. Certains, d'ailleurs, n'ont pas cessé de brocarder la situation délicate d'un prince consort, et tout prétexte était bon pour l'attaquer : on lui reprocha d'arborer sur ses uniformes de gala des grades et des décorations militaires sans rapport direct avec son expérience dans ce domaine ; plus récemment, on lui tint rigueur de s'occuper davantage de ses vignobles de Cahors, au château de Caïx, lors des vendanges de septembre 1999, que de la naissance à Copenhague de son premier petit-fils, Nicolaï.

Autant cette cour danoise peut adopter un profil bas et se complaire dans une modestie de mise qui pourrait passer pour excessive, autant elle sait se mettre en valeur dans les grandes occasions – au moment des mariages, par exemple. Alors on sort tout : les carrosses, les uniformes, le frac et les médailles, les grandes robes et les diadèmes. La reine paraît inaccessible ces jours-là ; elle qui était encore si simple la veille se montre aussi professionnelle qu'elle avait semblé dilettante. Dans un ouvrage intitulé : *Mon métier de reine,* paru en France chez Fayard, elle raconte fort bien comment elle vit, de l'intérieur, cette fonction royale assumée comme un sacerdoce. Ne délivre-t-elle pas, en permanence, un vrai message de tolérance, d'amour et de patriotisme – sans crispation identitaire – à des sujets étonnamment proches d'elle ? Le plus impressionnant, chez la reine Margrethe, c'est son intelligence et cette approche lucide d'une institution qu'elle n'imagine que sous l'angle d'un dévouement de tous les instants au bien commun.

En novembre 1995, le mariage du prince héritier Joachim avec Alexandra Manley, une Britannique d'origine chinoise, symbolisa pour le public cette vigueur des régimes monarchiques, telle que l'avaient, depuis quelque temps, constatée tous les spécialistes. Dans une époque inquiète de son devenir, la monarchie rassure et offre des repères. Les princes qui se marient, notamment, sont une promesse d'avenir ; nous les projetons plus facilement que nous-mêmes dans un futur à trente ans. Et nous pensons, à tort ou à raison, qu'eux seront encore là quand nous n'y serons plus. C'est, au demeurant, ce qui rend les têtes couronnées si crédibles dans les négociations commerciales qu'elles peuvent être amenées à conduire au profit de leur pays. Il est plus rassurant de signer un contrat avec le représentant d'une dynastie séculaire qu'avec un ministre dont le mandat a toutes les chances d'expirer avant la fin de l'année…

Le roi de Suède, Carl XVI Gustav, est un de ceux qui assument le mieux ce rôle de « VRP couronné ». Au point que les entrepreneurs de son royaume lui en savent gré et le lui font savoir : lors d'une de ses récentes visites en France, le géant du meuble en kit n'avait pas hésité à louer dans la presse des pages entières à seule fin de souhaiter la bienvenue au souverain… On aurait tort de railler ce déplacement de la fonction royale vers la sphère des enjeux économiques. Les rois ont toujours participé, en première ligne, aux grandes batailles de leur époque ; si le combat contemporain est d'ordre commercial, il n'y a pas de raison qu'ils ne s'y manifestent pas. Après tout, le pouvoir, le vrai, n'est jamais que la faculté de rendre les choses possibles ; c'est ce qu'a dû comprendre le roi Carl Gustav, et avec lui des personnalités comme le prince Charles d'Angleterre ou le prince Albert de Monaco.

Du reste, le cas suédois est un bon exemple de ce regain qu'aura connu l'idée monarchique de la fin du vingtième siècle. Le pays, malgré des décennies de socialisme « avancé », ne compte toujours qu'un cinquième, à peine, de républicains. Ces derniers, pourtant, avaient cru pouvoir en 1973 rogner les griffes du jeune roi, petit-fils de son prédécesseur Gustav VI Adolf. « Comment faire confiance à un play-boy qui a réussi de peu au baccalauréat et qui doit décerner chaque année, le 10 décembre, les prix Nobel ? » demandaient les tenants de la réforme constitutionnelle, en oubliant qu'un roi peut récompenser des génies sans être un génie lui-même. La population suédoise ne s'y trompe pas. J'ai pu constater moi-même l'enthousiasme du peuple en avril 1996, lors de la célébration des cinquante ans du roi Carl XVI Gustav, qui tombait pendant la nuit de Walpurgis. Une atmosphère délirante grisait la foule devant le palais ; les gens criaient au roi leur amour et chantaient. Ils rendaient hommage, à leur façon, au dévouement constant d'un homme dont la présence, au sommet des institutions, demeure garante d'ordre, de dynamique et d'harmonie. Ils associaient à cet hommage la reine Silvia, qui n'était pas née princesse, mais que sa formation d'hôtesse d'accueil avait amplement aidée.

Les Scandinaves, politiquement en avance sur leur temps, ont compris que l'orchestre jouait mieux quand un chef d'orchestre – dépourvu d'instrument lui-même – était là pour coordonner l'ensemble et lui donner son unité.

Les Monégasques

Les cérémonies du septième centenaire de la dynastie, en janvier 1997, ont eu le mérite de détourner un temps les projecteurs du feuilleton à rebondissement de la famille de Monaco, pour les braquer sur ses incroyables réalisations. Souffler sept cents bougies, c'est au moins une preuve de longévité ; or, comme le disait Metternich,

« le vrai chef-d'œuvre, c'est de durer ». On a beaucoup évoqué, lors des célébrations, la figure fondatrice de ce François de Grimaldi, dit la Malizia, qui, le 8 janvier 1297, déguisé en moine franciscain, s'était emparé du rocher d'Hercule pour l'établir en fief indépendant. Son surnom de malicieux pourrait convenir à l'actuel prince régnant, qui sut jouer de finesse pour transformer une principauté d'opérette, dont Colette lui écrivait, à son avènement en 1949, que ses frontières étaient des fleurs, en un Etat actif et moderne. Aussi celui de bâtisseur me paraît-il encore plus approprié.

Déjà, lors du petit jubilé de 1974, le bilan des vingt-cinq premières années de règne avait stupéfié le monde : un paysage redessiné, des constructions ultra-modernes, une croissance économique explosive avaient été saluées de façon unanime. Ces tendances n'ont fait que s'affirmer au cours du dernier quart de siècle ; Rainier III a doté sa principauté d'outils constitutionnels et économiques propres à la faire entrer de plain-pied dans le nouveau siècle. Et l'année 1999, qui marquait donc ses cinquante ans de règne, fut l'occasion de saluer son incontestable réussite.

Certes, comme tous les îlots de prospérité, celui-ci est attaqué de toutes parts, et ses princes, souvent réduits à une caricature. Les Monégasques, eux, demeurent attachés à la famille de Grimaldi, qu'ils révèrent ; moi-même je la soutiens et la défends chaque fois que l'occasion m'en est donnée. J'ai toujours eu beaucoup d'affection pour cette petite monarchie enclavée dans le territoire français, où l'on parle si bien notre langue qu'on ne peut que s'y « sentir chez nous » ; pour un peu, je ferais mien cet avis de Vauvenargues estimant qu'il n'aurait aimé ceindre que deux couronnes : celle de tsar de toutes les Russies, pour régner sur des millions de verstes, ou celle de prince de Monaco pour réunir tous ses sujets dans son jardin et pouvoir les appeler par leur prénom... Je m'y suis rendu dès 1986, et pourrai bientôt fêter quinze ans de reportages qui ne furent pas toujours sans embûches. On m'imagine servant servilement les intérêts du prince Rainier, ou, telle la marionnette des « Guignols », accourant à perdre haleine dès qu'il siffle ses chiens. En vérité, le jeu est autrement complexe : pour gagner la confiance du prince et obtenir la faveur d'un entretien, il faut donner inlassablement des preuves réitérées de dévouement, voire d'allégeance ; et à la moindre occasion, considérée par l'entourage comme un faux pas, c'est tout ce capital de crédibilité qui s'effondre – il faut tout recommencer depuis le début. Souvent, j'ai eu le sentiment de me trouver entre le marteau et l'enclume. Le public me croit « vendu » au palais, tandis que, sur le Rocher, l'entourage du prince me reproche – selon les cas – de manier trop bien la brosse à reluire ou le vitriol. Or, depuis mes déboires avec le comte de Paris, j'ai l'échine un peu moins souple, et j'ai perdu le goût de jouer les courtisans. Je ne quémande pas d'interviews comme d'autres les faveurs insignes, et je pense avoir suffisamment défendu l'honneur des Grimaldi pour qu'on ne me suspecte pas de mauvaises intentions !

Le plus grand mérite de la famille est, peut-être, d'avoir fait de la principauté le centre d'événements prestigieux dans tous les domaines de la culture et du sport. Le Tournoi de tennis et le Grand Prix de formule 1 n'y éclipsent en rien le Festival international du cirque, ni celui de la télévision, où je rencontrai le prince héréditaire Albert pour la première fois. La princesse Caroline préside en experte aux destinées de ballets à la réputation mondiale ; quant à la princesse Stéphanie, son Festival des arts de la magie est en passe de devenir une incontournable référence. Je passe sous silence les nombreuses expositions, brillantes, qui s'y succèdent à un rythme étonnant, ou l'audience acquise depuis quelques années par le prix Prince Pierre de Monaco... Il se passe toujours quelque chose sur le Rocher, et les occasions d'en parler se multiplient sans cesse.

Mais pour la presse internationale, le sujet principal est ailleurs : dans les aléas conjugaux et sentimentaux d'une famille princière surmédiatisée. La personnalité de la princesse Grace, qui avait obtenu un oscar à Hollywood juste avant d'épouser le prince Rainier, n'a sans doute pas été pour rien dans l'acharnement des médias du monde entier sur les princes et princesses de Monaco. Longtemps, le Rocher en a d'ailleurs bénéficié, transformant en rentrées d'argent cet engouement du public international, et notamment américain. Aujourd'hui, le rapport de forces s'est inversé ; traqués comme des poissons rouges dans un bocal, les pauvres Caroline, Albert et Stéphanie sont devenus des superstars à leur corps défendant, dont le moindre cliché volé fait la fortune de son auteur. Inutile cependant de se voiler la face : si l'acharnement est tel, c'est que Monaco se vend bien, très bien même. La saga des Grimaldi demeure, avec les frasques de la cour d'Angleterre, le sujet favori d'un public qui en redemande chaque jour.

Il faut dire que dans un passé récent, la famille aura beaucoup frayé avec le destin : mort accidentelle, en 1982, de la princesse Grace ; divorce, en 1980, de la princesse Caroline et de Philippe Junot, et disparition brutale, en 1990, de son deuxième mari, Stefano Casiraghi – j'avais reçu de lui, la veille de sa mort, un petit mot qui se terminait ainsi : « En espérant vous voir, le 6 octobre, à la finale du concours off-shore. » Le 6 octobre, j'étais à ses obsèques… Il y eut aussi l'affaire Daniel Ducruet, puis le troisième mariage de Caroline avec le prince Ernst-August de Hanovre. Aucun feuilleton mélodramatique ne peut prétendre rivaliser avec de tels coups de théâtre ; or à Monaco, les histoires ont un surcroît d'intérêt : elles sont vraies.

Prisonnière de son image, la famille éprouve désormais des difficultés à s'épanouir. Certes, un peu comme à Buckingham, la poigne de fer du chef de famille permet d'éviter les écarts trop dangereux. Mais les enfants de Rainier ne sont plus libres de mener leur existence en paix. Le prince héréditaire Albert en fait constamment l'amère expérience, qui ne peut sourire à une jeune femme sans que la malheureuse soit, dans l'instant, traquée par une meute de paparazzi. La princesse Caroline, si distinguée par la grâce comme par l'esprit, a, pour sa part, acquis une grande méfiance envers la presse, qu'elle tient à l'écart et prive de toute interview. Quant à la charmante princesse Stéphanie, elle assume avec fatalisme une contrainte qui l'a, plus que tous, fait souffrir dans les années passées.

Modestement, j'espère avoir contribué, à mon niveau, à limiter l'atteinte à la vie privée de cette famille. Jamais je n'ai accepté qu'on publie dans mes pages les clichés des paparazzi, jamais je n'ai fait le lit des rumeurs et des ragots qui courent en permanence sur la principauté. Mes informations, j'ai préféré les recueillir à la source, auprès notamment des princes Rainier et Albert. Ce dernier vaut cent fois l'image qu'on en donne. J'ai acquis cette certitude dès 1994 en le suivant trois jours durant dans ses activités, à l'occasion du numéro spécial de *Madame Figaro,* dont il fut le rédacteur en chef. J'appris alors à connaître un prince aimable entre tous, et d'ailleurs populaire, un prince réellement soucieux des autres, aussi détendu dans le privé qu'angoissé en public. L'Organisation des Nations-unies a suffisamment reconnu ses qualités, au demeurant, pour lui confier la présidence de la cinquante-quatrième session consacrée à la défense des océans et au sport olympique.

J'aimerais qu'on comprenne que Monaco présente bien deux visages : le premier, le plus connu, arbore le sourire un peu figé d'une principauté riche et brillante, offerte à toutes les mondanités, dont le Bal de la Rose et celui de la Croix-Rouge, auxquels je me suis montré si fidèle pendant quinze ans, sont les brillants symboles. Mais cet aspect-là n'est pas le plus aimable ; et lorsqu'un bal est noyé dans des opérations commerciales qui, l'espace de trois jours, transforment la ville en formidable show-room, on peut à bon droit éprouver un sentiment d'écœurement. L'autre visage, tellement plus vrai, est celui d'un petit Etat en pointe dans la culture comme dans l'économie, où l'esprit méditerranéen vient adoucir le caractère énergique et laborieux des pays enclavés.

A titre personnel, j'en conserverai l'image de la princesse Antoinette, sœur du prince Rainier, vivant un peu en retrait au milieu des animaux qu'elle adore, dans sa « Maison du Bout du Monde », et qui, en femme de cœur, observe l'agitation de la principauté d'un sourire à la fois bienveillant et lointain. La preuve tangible qu'un cœur sensible et noble peut se cacher derrière l'apparence du pouvoir, de l'argent et de la gloire.

Les Espagnols

A la faveur de cette fameuse « nuit du sacre » qui, le 24 février 1981, avait vu le roi d'Espagne sauver la démocratie en mettant un terme rapide au coup d'Etat fomenté par une partie de l'armée, Juan Carlos était devenu mon héros. Ce roi respectueux de l'Etat de droit avait rendu possible l'alternance politique et, au-delà, cette libération populaire qu'on appellerait la « movida ». Bientôt il irait vanter les droits de l'homme sous les voûtes du Kremlin, en attendant de le faire, bien plus tard à La Havane, à la barbe de Fidel Castro ! Ce roi-là incarne les combats politiques de notre temps ; et ce n'est pas un hasard si Juan Carlos fut désigné, dans un sondage récent, comme la personnalité étrangère la plus populaire en France.

Jamais je n'oublierai le mariage, en 1995, de l'infante Elena avec Don Jaime de Marichalar, titré duc de Lugo. Par un hasard heureux sur le plan des symboles, la cérémonie se déroulait à Séville ; et c'est peu dire que le spectacle en fut magnifique. A l'époque, je n'étais pas encore retenu dans un studio de télévision par les impératifs du commentaire en direct. Envoyé de la presse écrite, je pus donc me mêler à l'assistance et me laisser éblouir à l'envi par l'intensité du ciel bleu, l'éclat des tapis rouges, le chatoiement des « banderas » et des tee-shirts. Je participais à la fête, j'étais gagné moi-même par l'émotion populaire. Les Andalous firent la fête toute la nuit, et je me perdis avec bonheur dans les rues de Santa Cruz.

La cérémonie elle-même fut tout simplement royale : le souverain en grand uniforme, la reine Sophie sublime, en mantille noire sur la « peña » – on était là dans les grandes heures de la monarchie espagnole. Et cependant, contrairement à la pragmatique de Charles III, remontant à 1776, l'infante n'épousait pas un prince du sang mais un simple jeune homme de bonne famille – sa mère est la marquise douairière de Ripalda – ce qui conférait à ses noces un élément de modernité bienvenu. Dans la cathédrale, j'étais placé près de la sortie, ce qui me permettait de saluer commodément les altesses à leur départ. Les rencontrer dans l'intimité d'un salon privé est une chose, c'en est une autre de croiser leur regard lorsqu'ils sont en représentation officielle. Je note à cet égard que ma famille grand-ducale fut la seule à daigner quitter le tapis rouge pour venir me dire bonjour. On m'aurait donné la grandesse d'Espagne, je m'en serais trouvé moins heureux. Non que je veuille, encore une fois, me prendre moi-même pour le « prince des chroniqueurs du Gotha » que des altesses seraient tenues de saluer ; mais dans l'attitude de chacun, en cette circonstance solennelle, je me suis plu à chercher un baromètre de la vraie simplicité.

Il me revient également un souvenir lors d'une visite à l'hôtel Alphonse-XIII, où le protocole royal espagnol avait logé le Gotha. Péniblement, je m'étais frayé un chemin entre les barrières de sécurité pour retrouver le prince et la princesse Frédéric-Guillaume de Prusse, avec qui je devais prendre un verre. On n'aurait pu rêver meilleur poste d'observation pour embrasser du regard une famille nombreuse, dont certains membres changeaient d'attitude loin des feux de la rampe. Drapé dans un air de dignité compassée, le prince Carlos de Bourbon-Deux-Siciles, cousin germain du roi d'Espagne, passait au bras de son épouse, née princesse Anne de France et fille du comte de Paris. En souvenir d'un merveilleux séjour à Madrid, au cours duquel j'avais eu l'occasion de m'entretenir chaleureusement avec eux, je me levai pour les saluer. Ils me virent, m'ignorèrent superbement – et je restai interloqué, ne pouvant croire à tant de grossièreté. Je venais une nouvelle fois d'éprouver cette grande morale de la vie mondaine : la simplicité est l'apanage exclusif des personnes sûres de leur rang et bien dans leur peau. Une telle mésaventure ne se serait jamais produite avec le roi et la reine d'Espagne. Eux communièrent de tout cœur avec l'enthousiasme populaire qui s'exprima lors de ce mariage de l'infante Elena, et le roi dut renoncer à respecter l'horaire prévu par le protocole, tant il était occupé à répondre avec bonhomie aux saluts de la foule.

Mes Portugais, enfin

Trois mois après le mariage de Séville eut lieu celui de Dom Duarte, duc de Bragance, avec Doña Isabel de Heredia. L'héritier de la Couronne étant demeuré célibataire jusqu'à cinquante ans passés, les Portugais ont accueilli la nouvelle avec le plus grand enthousiasme. Il n'était pas question que leur fête fût moins grandiose, ni moins fervente, que celle de l'infante d'Espagne. De fait, elle fut plus réussie encore, si possible. Ma propre empathie venait des liens particuliers que j'entretiens avec ce pays et cette famille. Le duc de Bragance est en quelque sorte mon roi de cœur, et j'avais toujours eu grand plaisir à le rencontrer. L'année précédente, j'avais organisé pour TF1 Publicité un voyage au Portugal afin de permettre à D. Duarte de s'exprimer, lors d'une conférence, sur les terribles événements au Timor. Pour ce prince moderne, au fait des questions de son époque, la monarchie représente un peu l'écologie de la politique. Et tant pis si, comme le prince Charles d'Angleterre, il passe pour un original égaré en plein rationalisme ! Tant pis s'il dérange en contestant l'engloutissement des deniers publics dans une exposition mondiale comme celle de Lisbonne en 1998 ! Au moins ses prises de position le distinguent-elles du discours ambiant, paneuropéen et niveleur de traditions. Là où bat le cœur des Portugais, là est D. Duarte.

Je me considérais donc invité à son mariage, au monastère des Jeronimos, non seulement en tant que journaliste mais aussi, je pense, à titre personnel. Ayant beaucoup travaillé à ressusciter la mémoire de la reine Amélie de Portugal, je connaissais par cœur les lieux et leur histoire ; j'avais donc le sentiment, encore une fois, d'être dans mon élément. Or, par une erreur fort opportune du protocole, je me suis retrouvé placé, non dans les rangs de la presse, mais dans ceux des familles royales ; j'avais devant moi les grands-ducs héritiers de Luxembourg, le prince Philippe de Belgique pas très loin ; et comme cavalière, à la sortie, l'archiduchesse Katarina d'Autriche !

L'événement avait pris une importance étonnante au Portugal. Y assistaient, au premier rang, le président de la République, Mario Soares, et sa femme, ainsi que le Premier ministre, Hanibal Cavaco-Silva, et sa femme. Le président du Parlement était là lui aussi, et le roi des Zoulous… La veille, une grande course de taureaux à la portugaise avait été donnée dans des arènes pavoisées aux couleurs bleues et blanches de la monarchie. Au bout du compte, les Portugais se seront donc offert une semaine entière de fièvre monarchique, pour revenir ensuite à leur régime républicain. Comme le dit le duc de Bragance : « Les Portugais veulent de la monarchie comme les catholiques du paradis : pour plus tard... » Filant la métaphore, je dirais que ce prince a réussi, en attendant, le tour de force de raccrocher le passé au futur, l'Ancien Testament et le Nouveau. Et son mariage aura été le point de départ d'un véritable renouveau du monarchisme au Portugal, une énorme promesse d'espoir, qu'incarnent les trois enfants donnés au pays par Doña Isabel : D. Alfonso, Da. Maria-Francisca, D. Diniz… Grâce à D. Duarte, le pays sait aujourd'hui que tout ne fait que commencer.

Au royaume des ondes

Retour en 1992. L'univers de l'adulte reproduit les passions de l'enfant. J'ai raconté quelle frénésie m'avait poussé, tout jeune, à me « brancher » chaque matin sur Europe 1, pour y apprendre les dernières nouvelles. Fatalement, c'est sur Europe 1 que je devais faire mes débuts dans l'audiovisuel… Michel Grossiord, avec le brio qu'on lui connaît, s'était amusé, naguère, à me cuisiner sur les activités de l'association des Amis de la Maison de France ; je lui avais répondu sans fard, dans le feu de la passion, devinant ce jour-là que la radio ne tarderait pas à m'attirer comme un nouveau terrain d'élection. N'ayant pas encore voix au chapitre, cependant, je n'avais parlé qu'ès qualités ; mais je rêvais déjà d'étendre à ce média fétiche mes activités de journaliste.

Mes premières interventions « professionnelles » à la radio n'eurent lieu qu'en 1990, sur Europe 1 toujours, et à l'initiative de Marc Tronchot, cette fois. Le grand journaliste, rompu à tous les secrets des ondes, m'avait remarqué, l'année précédente, dans l'avion qui conduisait la délégation française aux obsèques de l'empereur du Japon. Mes commentaires à chaud, aussi spontanés que désintéressés, l'avaient sans doute soûlé ; au moins avait-il pu être convaincu que je vivais mon sujet... Il prit donc l'habitude de me solliciter sur l'actualité princière, un peu comme un consultant qui n'en aurait pas eu le titre.

En 1992, je pouvais constater qu'une nouvelle corde était donc venue se greffer à mon arc. Une fois de plus, je m'étais immiscé dans une place réputée imprenable ; j'avais traversé le miroir pour « entrer dans le poste ». Cette nouvelle tribune présenta pour moi l'avantage immédiat de forcer le respect de ma famille ; désormais, mon père pourrait très facilement mettre fin à mes digressions matinales : il lui suffirait pour cela de tourner un bouton... Surtout, j'avais découvert un nouveau moyen de partager mes enthousiasmes et mes indignations. On ne convainc les auditeurs qu'à force de ferveur et de sincérité ; j'avais le sentiment de ne manquer ni de l'une ni de l'autre.

Selon Philippe Bouvard, qui sait ce dont il parle, il faut dix ans pour se faire un nom dans la presse, un an à la radio... et dix minutes à la télévision ! C'est dire la force d'attraction qu'a pu exercer sur moi cette dernière. Pourquoi, dès lors, ne pas y tenter ma chance – et continuer ainsi de réaliser mes vieux fantasmes ? J'avais rêvé de Versailles, et j'en avais percé tous les secrets. J'avais rêvé du *Figaro,* et j'en avais pénétré les arcanes. J'avais rêvé de Colmar Berg, et j'y étais désormais reçu. J'avais rêvé d'Europe 1, et l'on m'y entendait à présent – n'avais-je pas, tout autant, rêvé de télévision ?

Déjà, en 1991, TF1 m'avait proposé d'adapter pour le petit écran mon livre sur *Les Couronnes de l'exil.* Nous avions donc refait, en images, l'historique et le portrait des différents prétendants ; il avait fallu les rencontrer de nouveau, devant une caméra cette fois. Cependant, la belle opportunité s'était révélée décevante pour moi, l'auteur du reportage, Bernard Volker, m'ayant plus ou moins éclipsé au final. Encore plus tôt, en 1986, je m'étais déjà fait évincer proprement au montage de l'émission « Noblesse oblige », coproduite par le département audiovisuel de l'agence Gamma et Canal +. D'emblée, et par deux fois, j'avais pu prendre ainsi la mesure de l'ingratitude qui prévaut dans le monde acide de la télévision ; on est prié d'y apporter la matière, puis de se faire oublier au profit de la tête d'affiche. La télé, ou le royaume de la captation... Je devais apprendre, avec le temps, à me montrer un peu plus incisif pour éviter que d'autres ne s'approprient mon travail. Pour autant, je saurais me garder des sortilèges de ce média très puissant ; si la télévision est une force de frappe, il est important qu'elle soit mise au service d'un propos, voire d'une passion, et non d'un ego qui ne pourrait le supporter. Ceux – ou celles – qui entrent là dans l'intention d'y briller plus que leur sujet finissent par s'y brûler un jour ou l'autre.

D'autant plus impatient de faire mes preuves, je participai alors à différents débats autour des questions royales. C'est ainsi qu'on me vit, en cette année 1992, sur l'un des derniers plateaux des mythiques « Dossiers de l'écran », proposés par Armand Jammot ; mais aussi sur le forum impressionnant d'une émission de Guillaume Durand, « Durand la nuit ». Il était presque toujours question, à cette époque, des déboires conjugaux de Charles et Diana... A coups de formules bien ciselées, préparées et fourbies comme de petites armes, je marquais mon territoire – surtout, je me faisais remarquer…

1994. Arielle Renouf, responsable de TF1 Communication, me propose d'accompagner à Lisbonne un voyage organisé pour les grands annonceurs de la chaîne ; j'y interviendrais en tant que conférencier pour apporter un éclairage historique et « royal » sur les visites du petit groupe. Ravi de trouver un public à ce point captivé, j'accepte avec enthousiasme. Nous ferons plusieurs de ces voyages par la suite, en Suède, en Espagne, en Egypte… Pour moi, naturellement, ce sont autant d'occasions de côtoyer, dans des conditions rêvées, quelques célébrités maison – je me souviens notamment d'un voyage avec Patrick Poivre d'Arvor et sa fille Solenn – et surtout les grands patrons, au premier rang desquels Etienne Mougeotte et Patrick Le Lay.

Comme on pouvait s'y attendre, la direction de la chaîne ne tardera pas, dès lors, à me proposer de petits travaux. Dans un premier temps, il s'agira de courts reportages pour l'émission « Strictement privé », animée en plateau par Bernard Montiel. Je vais tourner mon premier sujet à Montmajour, chez Chantal de France qui vient alors de publier son ouvrage *Princesse et citoyenne.* D'autres tournages suivront, que je tâcherai de faire coïncider avec mes autres activités. Une ébauche de synergie me laisse vite envisager des lendemains assez stimulants. Presse, édition, radio, télévision : je commence à entrevoir l'aspect protéiforme que revêtira bientôt mon métier.

Au début du mois de juillet, TF1 forme le projet de confier à la charmante Isabelle Quenin une émission de société divertissante, dont la mise en œuvre est confiée à Coyotte Production, la société de Christophe Dechavanne. « Famille, je vous aime » est né, et nous allons nous pencher sur son berceau tout l'été. J'interviendrai en plateau pour une chronique sur l'actualité du Gotha, et présenterai de temps à autre un sujet dans le même esprit. C'est ainsi qu'en janvier 1995 j'aurai à essuyer les premières plaintes d'une tête couronnée quant à mon travail. En effet, le prince Henrik de Danemark, que j'étais allé interroger sur son rôle de prince consort, se déclara choqué de figurer dans une émission où l'on parlait surtout de familles éclatées et de problèmes de société... Il me faudrait apprendre à gérer de telles susceptibilités ; dès qu'il s'agit de télévision, tout prend si vite de l'importance ! En attendant, je mesure les limites assez rigides dans lesquelles se trouve cantonné mon registre ; il sera difficile, sans aucun doute, de faire sortir mes altesses de leurs ghettos dorés.

Les enregistrements de l'émission, qui ont lieu au studio VCF à Saint-Cloud, présentent pour moi l'attrait de la nouveauté ; maquillage, projecteurs, caméras : ces contingences télévisuelles qui, depuis cinquante ans, en ont rebuté plus d'un, ne me déplaisent pas ; je m'y habitue très vite et n'y pense bientôt plus. Surtout, j'aime voir comment d'un trait de crayon on fait disparaître des nuits de travail sans sommeil ! Sur le plateau, tout le monde s'active ; le décor est chaleureux, jaune et bleu – or ce sont mes couleurs préférées. Lorsqu'il m'arrive de penser à ces débuts télévisuels, les premiers souvenirs qui me viennent à l'esprit me ramènent à ceux que l'on ne voit pas. A ceux qui travaillent dans l'ombre, telle une armée obscure, dont on ne sait rien ou pas grand-chose, et qui doivent se contenter de leur nom au générique. Ce sont eux, pourtant, qui m'ont encouragé d'un sourire, ont guidé mes premiers pas, et qui, aussi, m'ont enseigné les rudiments du métier. Comment prendre la lumière, comment se tenir sur sa chaise, de quelle manière alterner les coups d'œil à la caméra et les regards adressés aux différents invités sur le plateau... Après ma première chronique, persuadé d'avoir été hésitant, filandreux, incompréhensible, je m'apprêtais à quitter le plateau en proie à la désolation lorsque je vis, derrière la caméra, le clin d'œil rassurant et le pouce approbateur du cadreur. Des gestes comme ceux-là suffisent à vous redonner confiance en vous.

A tort, on me croit attaché aux titres, aux noms ronflants ou aux particules. Fadaises ! Dans mon « royaume à moi », chacun a sa noblesse. J'ai toujours pensé qu'un boulanger, un tanneur ou un plombier ont aussi leur sang bleu, dès lors qu'ils ont le respect d'eux-mêmes et le goût du travail bien fait. Sur un plateau de télévision, tous, cadreurs, éclairagistes, ingénieurs du son, maquilleuses, comme les animateurs, tous nous concourons au même but : réaliser la meilleure émission possible pour le plaisir du public.

Les premiers enregistrements ont aussi été l'occasion pour moi de rencontrer une pléiade de célébrités sans couronne. C'est un autre monde, qui me divertit agréablement du Gotha. Loin de bouder le show-business, j'en ferai au contraire ma cour de récréation. J'accepte ce bouleversement comme il vient ; j'en serai quitte pour constater, après quelques mois de télévision, que ma vie s'en trouve déjà changée... Jamais je n'oublierai l'enregistrement de « Famille, je vous aime » avec Sylvie Vartan, qui, à mes yeux, est à la chanson ce que la reine d'Angleterre est aux familles royales : un mythe vivant qui a su évoluer avec son temps, épouser les modes, sans jamais quitter le cœur du public. Quelque peu troublé de partager une soirée avec elle – fût-ce à la télévision –, j'avais imaginé de lui réserver une petite surprise : je connaissais les liens privilégiés qui l'unissent à la famille royale de Bulgarie (son père avait composé une chanson en hommage à la naissance du futur roi Siméon II) et j'avais pensé que le souverain, depuis son exil madrilène, pourrait enregistrer un message à l'intention de l'interprète de « La Maritza ». Evidemment, avec enthousiasme, le roi Siméon s'était prêté au jeu. Comment aurais-je pu imaginer que ce royal témoignage de sympathie allait tirer des larmes d'émotion à Sylvie Vartan ? Je sus qu'elle en avait été touchée par le petit billet qu'elle m'adressa à l'issue de l'enregistrement, et que je garde précieusement.

1995. L'aventure, un temps évanouie, de « Strictement privé », n'est pas aussi morte qu'il y paraît, puisque Hervé Chabalier, le patron de l'agence Capa, encouragé par Dominique Cantien, se propose de la relever sous le titre sonnant d'« Echos de Stars ». Il me propose de me joindre à l'équipe de journalistes qui, autour de Bernard Montiel, doit animer ce qui sera le premier véritable magazine « people » à la télévision. Me voilà donc sommé de bien défendre mes reines contre les actrices fétiches d'Henry-Jean Servat, les top models alléchants d'Isabelle

Heurtaut et la « jet-set » d'Hermine de Clermont-Tonnerre.

En soi, la charge de travail liée à cet engagement supplémentaire n'est pas insurmontable ; mais à force d'acquiescer à tout ce qui se présente, je pourrais bien me trouver dans l'impossibilité de faire face. L'engrenage est déjà lancé, qui broie les rares loisirs dont je disposais et transforme ma vie en une sorte de marathon. La seule façon de tenir, ce sera, désormais, de multiplier les synergies, et de tâcher de me délasser d'une activité en me consacrant à une autre. En fait de quoi, j'ai le sentiment de jongler avec des quilles de plus en plus lourdes, de plus en plus nombreuses…

Le public pourrait penser, à ne saisir que des échos ou à m'apercevoir à la télévision, que ma vie ressemble à une fête. On m'imagine toujours courant d'un vernissage place Vendôme à une croisière dans les Caraïbes, quittant les ors des palais pour retrouver ceux des grands restaurants, et ma boîte aux lettres regorgeant de bristols dorés sur tranche. Jamais, on n'oserait croire que je ne passe pas mon temps entre une altesse royale et une duchesse ! L'éclat de ces amusements épisodiques finirait par occulter une réalité autrement laborieuse. Le bon petit soldat connaît aussi ses moments de découragement : quand l'inspiration peine à venir sur un article à écrire, quand le téléphone portable et celui du bureau ne cessent de sonner pour réclamer ici mes impressions sur le jour de l'an, là un commentaire de reportage à enregistrer dans la journée, quand les journées n'ont pas assez d'heures et les heures pas assez de minutes, alors qu'il me faut tout à la fois préparer un voyage qui me fera lever aux aurores et animer la veille une soirée caritative qui finira bien tard – dans ces moments, il m'arrive de perdre pied et d'avoir l'impression de me noyer. Lorsque je lutte contre l'envie de pleurer et qu'il me faut pourtant faire bonne figure, j'accueille comme une bénédiction le mot, le geste ou le sourire du passant qui m'aura reconnu dans la rue.

Quelle que soit ma charge de travail, je n'en oublie pas le cœur de mon métier, son noyau actif et nourricier : l'animateur n'éclipsera jamais en moi le journaliste. Avant tout, je demeure fidèle au magazine de Marie-Claire Pauwels ; c'est mon ancrage et ma première raison d'être – c'est aussi le meilleur antidote aux vertiges dont sont victimes certains de mes confrères de la télé. On a beau dire, quand on est, chaque matin vers huit heures et demie, rivé à son petit bureau, dans le coin d'une salle de rédaction surchargée, pour y écrire le « papier » du jour, il est difficile de se prendre pour une star. Au journal, c'est le métier qui prime, et c'est à lui qu'on sacrifie le superflu.

En juillet de cette année 1995 par un beau samedi matin, je me retrouverai, à Europe 1, partageant le micro avec celui qui, en termes de métier, m'aura sans le savoir ouvert la voie : je veux parler de Léon Zitrone. Ce n'est pas notre première rencontre ; j'ai même eu l'occasion, dans le passé, de travailler un peu pour son émission télévisée, « Palais Royal ». Mais ce matin-là, à Europe 1, dans l'atmosphère assez intime du studio, j'ai le sentiment ému que ce roi des ondes m'a désigné plus ou moins comme son dauphin. J'aimerais me montrer digne d'une telle succession et, par l'acharnement au travail, durer sans éclipse aussi longtemps que lui.

Comment supporter la pression, le stress et les risques d'essoufflement qu'ils entraînent ? C'est la résistance de chacun qui fait ici la différence. Sur ce plan, j'ai la chance d'être doté d'une certaine force de caractère. Au moindre défi, ma pugnacité s'exprime et m'aide à triompher de l'obstacle. Il faut en rendre justice à ma mère, sans doute, ainsi qu'à ceux dont l'exemple m'encourage : comme Christophe Dechavanne, Thierry Ardisson et bien sûr Philippe Bouvard, qui m'ont tracé la voie, je me sens prêt à mener deux ou trois – ou quatre – carrières de front. Je ne suis pas de ceux qui comptent les heures et rechignent au combat. Le travail ne me lasse pas, et la perspective de nuits blanches n'a jamais été pour m'effrayer. Je suis de cette espèce d'humains que la pression stimule et fait avancer ; et je ne suis jamais si efficace que sous l'emprise d'une forte décharge d'adrénaline.

1996. Jusqu'ici, je ne m'étais pas vraiment posé la question de la célébrité. Une certaine notoriété, acquise avec le temps, m'avait accoutumé en douceur à ce paradoxe inquiétant qui veut qu'un parfait inconnu vous aborde parce que lui vous connaît. Tout se mit à changer le jour où Philippe Bouvard, ayant compris quel parti burlesque il pouvait tirer de mon personnage d'érudit coincé, décida de m'agréger à ses « Grosses Têtes ». Dans les débuts, il sut ménager ma susceptibilité ; il ne m'invita d'abord que dans la compagnie des forts en thèmes, comme Robert Sabatier, Jean Dutourd ou Pierre Bellemare. Au fil des émissions, je fus amené à forcer le trait, à charger mon rôle, jusqu'à devenir une tête de Turc acceptable. Alors seulement, Bouvard me confronta au reste de la troupe : et je rejoignis insensiblement la joyeuse équipe des Montagnier, Kersauzon, Perroni et autres Jean Yanne. Pour mieux lâcher les chevaux...

En septembre, les « Grosses Têtes » arrivant en fanfare sur TF1, la machine de guerre radiophonique se transformait en bombe télévisuelle. Et je me retrouvai, ravi et anxieux à la fois, dans la situation périlleuse d'avoir à faire rire d'une passion qui, jusque-là, m'avait plutôt valorisé. En un mot, je passais au rôle de comique ! On me fit jouer les boxeurs édentés face à un Bellemare plus vrai que nature en entraîneur véreux ; on me travestit même en reine d'Angleterre – et de me promener, devant dix millions de téléspectateurs en perruque et bibis ridicules... J'aurais pu lever le pouce ; j'ai décidé de jouer le jeu. Bien m'en a pris : j'ai ajouté une nouvelle corde à mon arc. Autre conséquence, plus inattendue : en quelques semaines seulement, je pus sentir les effets d'une célébrité toute neuve ; on m'apostrophait dans la rue, les enfants me demandaient des autographes, les veilles dames voulaient m'embrasser.

Fort d'une assise populaire sur laquelle je n'aurais pu compter un an plus tôt, je me sentais plus à l'aise, du coup, pour exprimer partout la singularité qui m'avait jadis tant gêné. Même dans les plus grandes soirées, je parvenais à me sentir moi-même et détendu, comme ma mère me l'avait appris. Que les choses sont parfois étranges ! Moi qui avais toujours révéré l'impératrice Farah d'Iran et qui aurais pu faire assaut de salamalecs pour m'attirer son estime, je la vis, un soir de gala au château de Versailles, venir d'elle-même vers moi pour me lancer, tout sourires : « Monsieur Bern, comme vous m'avez fait rire hier aux "Grosses Têtes" ! » Le compliment me laissa pantois et perplexe. Sans peut-être l'avoir voulu de cette façon, Philippe Bouvard m'avait rendu un fier service. Quand je songe qu'au palais princier de Monaco, on m'a même reproché de rire aux plaisanteries « offensantes » de mes petits camarades, alors même que je venais de défendre la principauté...

1997. J'ai commencé l'année en doutant de mon avenir à la télévision. En dehors des « Grosses Têtes », en effet, j'étais resté plusieurs mois sans participer à aucune émission relative à l'actualité princière. Le genre « people » allait-il être enterré ? Après des semaines de tractations pénibles et plusieurs projets avortés, naviguant sans cesse de vaines attentes en espoirs déçus, se profilait la sortie du tunnel. Au sein de TF1, Patrick Meney, sous la responsabilité de Pascale Breugnot, avait obtenu de la direction de la chaîne le feu vert pour une nouvelle émission pilote, « Boulevard des Célébrités ». Ainsi donc, il me faudrait une fois encore faire mes preuves ; j'apprenais que notre monde ne reconnaît plus les compétences établies et qu'il faut toujours reconquérir l'estime de ses pairs. Avec Henry-Jean Servat, je devais participer au pilote de l'émission aux côtés d'une nouvelle recrue, Alexandra Bronkers. C'étaient les bases de « Célébrités » que nous posions ainsi. Mais n'anticipons pas sur une aventure qui ne commencera vraiment qu'en septembre.

Poursuivant mes tentatives, j'avais rencontré par l'intermédiaire de Guillaume Frisquet – témoin privilégié de toutes nos formules d'émissions « people » sur TF1 – en la personne de Jean-Louis Remilleux, un producteur sensible à mon thème de prédilection ; sûr de la fibre royale, sinon monarchique, de cet esthète accompli, je savais pouvoir m'en remettre à lui pour que naisse une série d'émissions digne de cette passion partagée. Les responsables de M6 paraissaient très partants, en dépit même de mon intention proclamée d'enchaîner sur TF1 avec une saison de « Célébrités ». Nous avions prévu de consacrer le premier numéro de la nouvelle série à la rivalité réelle ou supposée entre Diana, princesse de Galles, et Camilla Parker-Bowles, l'amie du prince Charles. Nous avions prévu d'intituler ce reportage : « Camilla ou la revanche des laides », ce qui semblait prometteur.

Pour mettre au point ce beau projet, il fut donc convenu que nous nous retrouverions, en comité restreint, chez Jean-Louis, dans sa propriété de Saint-Médard aux confins de la Touraine. Dates prévues : les 29, 30 et 31 août… Le samedi, nous avions passé la soirée à visionner des cassettes intéressantes pour notre sujet, jusqu'à une heure assez avancée. Tôt le lendemain matin, j'entends qu'on frappe à la porte de ma chambre. C'est Jean-Louis Remilleux :

– Stéphane, me dit-il, levez-vous vite, il s'est passé quelque chose.

Et quand j'arrive au salon, encore ensommeillé :

– On vient de m'appeler, me dit-il. Diana vient de se tuer à Paris. Un accident de voiture.

Sous l'effet de la nouvelle, les idées se bousculèrent dans ma tête. Le téléphone, les journaux, la reine, Paris, les commentaires, les dépêches, Charles, William et Harry, mes clés, le journal de 13 heures, le train, la monarchie… Au milieu de cette avalanche, une évidence m'apparut, dont je fis profiter mon nouveau producteur : « Sans le vouloir, c'est elle qui va sauver du déclin la monarchie anglaise. Simplement par sa mort... » Il n'y avait là aucun cynisme, mais le simple pressentiment des changements qu'allait devoir opérer la couronne britannique pour survivre à la « princesse des cœurs »...

Des vingt-quatre heures qui suivirent, je n'ai que de vagues réminiscences. A peine rentré à Paris, je fus emporté dans un maelström furieux : trente messages attendaient sur ma messagerie vocale, et vingt-cinq sur mon téléphone personnel ; des demandes d'interviews innombrables affluaient de toutes sortes de médias internationaux – sans compter les demandes d'articles et la préparation des obsèques ; cette cérémonie incontournable serait retransmise en direct le samedi suivant... Dès le premier soir, j'étais à vingt heures sur le plateau de Claire Chazal pour tenter de répondre aux questions, nombreuses, qui demeuraient en suspens. Contre l'opinion générale, et le premier à ma connaissance, j'ai réclamé l'indulgence à l'égard des paparazzi incriminés ; il me paraissait important de ne pas céder à des accusations trop rapides – or, précisément, ces mêmes hommes que la foule eût volontiers lynchés le jour même furent totalement disculpés par l'enquête.

Le 5 septembre, veille des funérailles à Londres, j'enregistrais « Célébrités », premier numéro de la saison. Le lendemain, aux côtés de Charles Villeneuve et de Jean-Claude Narcy, je commentais en direct les obsèques de la princesse.

Pour des millions de Français, cette émission revêtait un caractère d'importance. Jamais encore je n'avais été confronté à une telle attente, jamais la pression n'avait été si forte sur mes épaules. Mais, à franchement parler, je n'en avais pas vraiment conscience sur le moment, tant j'étais emporté dans le tourbillon. Nous n'avions qu'une certitude : il nous fallait rompre avec le style grandiose et intimiste qui avait été, des années durant, celui de Léon Zitrone. Surtout, il n'était pas question de nous perdre dans la jungle habituelle des petites fiches. Notre époque, plus spontanée, plus sensible aux images, réclame des commentaires improvisés et sobres, venant à l'appui des images sans les expliciter. Pour moi, je me fixai trois objectifs pour cette retransmission : identifier les personnalités présentes, replacer les événements dans leur perspective historique, mettre enfin l'accent sur la dimension symbolique des rites qui allaient être accomplis. En laissant passer l'émotion qui était aussi sensible sur le plateau que dans les rues de Londres et dans les foyers du monde entier.

Ces petits signes symboliques paraissent à première vue n'avoir guère d'importance ; cependant, ce sont eux qui donnent à l'événement toute sa dimension. Ainsi, j'expliquai longuement les raisons qui avaient conduit la reine à accepter que le drapeau flottant sur Buckingham fût mis en berne ce jour-là. Mais je fis aussi remarquer aux téléspectateurs que l'étendard qu'on avait descendu sur la hampe avait, pour la circonstance, été remplacé : ce n'était plus le drapeau de la reine, qui par nature ne pouvait être amené, mais plus classiquement l'Union Jack – ce qui ne faisait que renforcer le parti délibérément populaire adopté par la famille royale en ce jour de grand deuil national.

Pour moi, ces obsèques étaient, en fait, mon vrai baptême médiatique. Du statut un peu ingrat de reporter ou chroniqueur spécialisé, je suis passé à celui, tellement plus conséquent, de barde attitré des grands événements royaux. Oui, sans doute, à force d'aimer la pompe et les circonstances, je finissais par faire partie du décor, du moins dans l'esprit du public. Or, je n'eus pas à me morfondre bien longtemps car, dès le 4 octobre suivant, TF1 avait décidé de retransmettre le mariage de l'infante Cristina d'Espagne, quoique en léger différé. Après les larmes, le carnet blanc. Dans un premier temps, les responsables de l'émission préférèrent se passer de mes services, mais on finit bien vite par m'appeler à la rescousse : mes confrères, plus compétents que moi dans d'autres domaines, manquaient en effet de pratique dans le mien ; il fallait d'urgence convoquer le « Tintin du Gotha » pour identifier les nombreuses têtes couronnées présentes à Barcelone. Je vins donc à leur secours, pour la bonne cause. Au baptême, succédait la confirmation.

A l'issue de chaque retransmission, il se trouve des téléspectateurs pour me demander, presque admiratifs, comment je peux maîtriser aussi bien mon Gotha. Je leur réponds invariablement que mon mérite n'est pas bien grand : quand on se passionne depuis l'enfance pour un sujet somme toute circonscrit, il est naturel de finir par s'y mouvoir comme un poisson dans l'eau. N'avons-nous pas grandi ensemble, de part et d'autre du miroir, et parcouru, d'année en année, ces chemins parallèles que nous venons de retracer ?

1998, puis 1999. Le succès de l'émission spéciale que nous avions consacrée à Diana augurait bien de la série envisagée par Jean-Louis Remilleux. Le tort de M6 aura été, sans doute, de ne pas signer d'emblée pour plusieurs épisodes ; de sorte que TF1 reprit le projet à son compte, sous le nom de « Sagas » – que j'avais proposé pour l'efficacité du palindrome. Je n'avais pas eu le sentiment, en faisant une tentative ailleurs, de me montrer infidèle envers qui que ce soit ; la télévision n'étant pas mon premier métier, j'ai toujours considéré qu'il était important, pour moi, de rester un électron libre. En même temps que l'émission spéciale, était paru, chez Michel Lafon, un album spécial sur Diana ; je me fis fort de lui assurer la plus large audience, et ce d'autant plus qu'une partie des droits sur les ventes devait être versée à la fondation de la princesse disparue ; malheureusement, l'éditeur déposa le bilan sans me payer, ce qui me frustra d'un geste auquel je tenais.

Etienne Mougeotte, vice-président de TF1, et Xavier Couture, directeur de l'antenne, ont su prendre le risque de signer tout de suite pour neuf émissions d'été en « prime time ». C'était un pari sur l'avenir et je suis content de n'avoir pas déçu leur confiance. A quoi faut-il attribuer la cohérence de « Sagas » ? Sans doute, pour une bonne part, aux liens de confiance et d'amitié qui se sont noués entre Jean-Louis et moi. Si elle n'est pas exempte de nuages, notre collaboration s'appuie sur un même goût du « glamour royal » – et sur une même boulimie de travail…

A côté de « Sagas », j'ai continué à co-présenter l'émission « Célébrités », produite par Patrick Meney, avec Alexandra Bronkers. Au bout du compte, j'en aurai vu défiler, de ces ravissantes jeunes femmes dont on attend, à tort, qu'elles aient la tête bien faite plutôt que bien pleine… Jamais, je n'ai cherché à prendre leur place ni tenté de leur faire de l'ombre. Elles n'avaient pourtant pas la tâche facile en essayant de sortir de la caricature de « jolie potiche ». Depuis septembre 1999, les choses ont changé ; je fais équipe avec Carole Rousseau et Benjamin Castaldi qui est, si j'ose dire, tombé dans le cinéma quand il était petit. Carole, par sa pétulance et son professionnalisme, a su gommer l'antagonisme qui prévalait jusqu'alors entre « animatrice » et « journaliste ». A évoquer tous ces épisodes, je fais un peu figure de vétéran. Pourquoi ai-je survécu à tous ces changements ? Peut-être parce que ma présence se justifie d'abord par une connaissance approfondie – et partant, plus difficile à remplacer. La légitimité sur un domaine bien défini me paraît, dans l'état actuel des choses, le seul moyen sérieux de durer à la télévision. Il faut connaître ce dont on parle, et savoir le présenter avec sincérité.

Ces dernières qualités sont également des antidotes aux sortilèges de ce milieu. Ce sont elles qui m'ont aidé à vivre au mieux la notoriété – somme toute assez passagère – qui s'attache à ce média puissant. Certes, à mesure qu'on me connaissait mieux, j'ai senti évoluer le regard des autres. Cela ne m'a pas changé. J'ai continué de mener la même vie qu'autrefois, en bon artisan, travailleur et perfectionniste, et qui fait tout lui-même parce qu'il ne sait rien déléguer. Pourtant, la somme de travail qui m'est aujourd'hui demandée représente trois fois, cinq fois peut-être, celle de l'époque plus paisible de *Dynastie.* Mon rapport au public n'a pas changé – si ce n'est qu'une relation plus facile, à la fois gentille et familière, a pu s'instaurer.

Tout succès appelle la critique, toute réussite est forcément brocardée. Notre pays s'en est fait une spécialité, dont les « Guignols de l'Info » représentent actuellement la fine fleur. Comme je pouvais m'y attendre, une marionnette à mon effigie n'a pas tardé à faire son apparition ; je dois reconnaître que cela m'a d'abord réjoui comme une consécration. Avec le temps, j'allais constater, grâce au talent des caricaturistes, que certains traits de ma personnalité sont, au fond, mal compris. Dire que je n'en souffre pas serait faux. Comme tous ceux qui font un métier public, les attaques m'ont aussi atteint. J'en ai secrètement souffert. Parfois, j'ai senti que l'armure que je m'étais constituée se craquelait. J'ai cru que la construction mentale qui me permet de résister aux tempêtes allait céder. J'en aurais pleuré de rage, ne comprenant pas ce déferlement de haine, de railleries, de moqueries. Que leur avais-je donc fait pour qu'ils me jugent ainsi sans me connaître, pour qu'ils m'aient condamné sans m'entendre ? Souvent, j'ai eu l'envie un peu folle et très gamine de crier à mes détracteurs : « Mais attendez, je ne suis pas celui que vous croyez ! » A quoi bon ? Autant que d'autres, j'ai reçu des coups, ressenti des meurtrissures et affronté des épreuves amères. Sur le moment, blessé, j'ai failli renoncer. Je trouvais cela trop injuste. Mais j'ai toujours préféré ne pas me laisser envahir par ces critiques agressives – et souvent irrationnelles – pour continuer à aller de l'avant. Une seule chose comptait alors, poursuivre la mission que je m'étais fixée, guidé en cela par ma passion. Du reste, je crois comprendre mieux, aujourd'hui, les attaques dont je fais l'objet : elles oscillent entre jalousie, mépris et méconnaissance totale du monde royal dont on me pense le porte-parole. En vérité, on se méprend sur mon compte parce que, encore jeune, je traite avec modernité de sujets *a priori* surannés. Je dérange parce qu'on aimerait voir en moi un marquis poudré sorti tout droit du dix-huitième siècle, avec sa chaise à porteurs.

Si j'ai réussi à garder la tête froide et à ne pas perdre mon âme à la télévision, je le dois à certains garde-fous. Le plus évident demeure ma famille, bien sûr, mais il en est un autre : cette famille professionnelle – ou ce creuset, si l'on veut – qu'est pour moi la presse écrite. Marie-Claire Pauwels, tout particulièrement, m'aura aidé à ne jamais prendre au sérieux les signes tellement dérisoires de la réussite et de la notoriété. Quant à mes amis, je pense qu'ils n'auraient pas supporté longtemps de me voir jouer les stars ; à les en croire, j'aurais plutôt gagné en simplicité. Paradoxalement, la reconnaissance du public ne conduit pas toujours à la « grosse tête » ; elle peut aussi, en tranquillisant l'âme, faciliter les relations au quotidien. N'avons-nous pas tous quelque chose à prouver ? Lorsqu'on y parvient en partie, le naturel peut revenir au galop.

Un autre garde-fou est le travail. Levé presque toujours aux aurores, je suis « sur le pont » à sept heures. Convaincu des vertus énergétiques d'une bonne marche matinale, je vais à pied jusqu'à mon bureau, ce qui me permet, au passage, d'acheter au kiosque la presse du jour : nationale et internationale, avec une prédilection pour les grands titres des principales monarchies d'Europe. Mon premier travail, au bureau, consiste à dépouiller cette manne, pour en extraire la matière vive de mes propres écrits. Les dépêches de l'AFP me sont également nécessaires. Le reste de la matinée passe généralement – entre deux coups de téléphone – à la rédaction de mes « papiers » pour le magazine ou le quotidien. A l'heure du déjeuner, je suis, selon les jours, à la radio pour une émission en direct ou au restaurant pour un repas de travail ou de contact. L'après-midi est moins planifié ; en fonction des nécessités, je le consacre à la télévision – tournages, enregistrements, montages – ou à diverses obligations sociales ou éditoriales. Le téléphone, pendant tout ce temps, n'arrête pas de sonner. J'ai pour principe de me rendre disponible le plus possible et de répondre moi-même aux appels. Je reçois aussi beaucoup de courrier, au point de ne plus pouvoir répondre à toutes les lettres, ce qui me plonge régulièrement dans un abîme de culpabilité.

On me demande souvent pourquoi je ne délègue pas davantage un certain nombre de mes tâches. La première raison est que ce n'est pas dans mon tempérament ; mais au-delà de mes goûts personnels, je reste persuadé que la plupart de ceux qui me demandent d'intervenir entendent bien que je le fasse moi-même. Parfois, je me sens comme l'avocat ou le chirurgien dont on sollicite l'implication personnelle, en espérant bien qu'ils ne se défausseront pas sur leurs assistants. On l'aura compris, dans l'âme et dans l'organisation de mon temps, je reste un artisan.

En tout, c'est la passion qui m'anime. J'ai pour les altesses dont je parle une tendresse de fond. Cela n'interdit pas les coups de griffes, et ne m'autorise en rien à dissimuler la vérité. « Sans la liberté de blâmer, il n'est point d'éloge flatteur », dit la devise du *Figaro,* empruntée à Beaumarchais. J'ai toujours dénoncé les scandales quand il s'en produisait, de même que je défends les personnalités injustement attaquées. Or ce que je sais, et que beaucoup ignorent, c'est qu'on peut mettre en valeur la plupart des têtes couronnées sans avoir à se forcer ou à mentir. Nombre de princes, parmi ceux qu'il m'aura été donné de rencontrer, sont tout simplement dignes d'éloges ! Les membres des plus grandes familles, qu'ils soient ou non en situation de régner, sont parfaitement simples. Leur mérite n'en est d'ailleurs pas si grand : pourquoi chercheraient-ils à se rehausser, puisqu'ils sont déjà, et sans contredit, placés par la société à son sommet ? Le public, certainement, serait stupéfait de constater l'extrême naturel et la décontraction qui règnent, presque toujours, dans l'intimité des personnalités princières.

Vingt ans après, je subis encore chaque jour ce mélange d'intérêt et d'irritation qui, dans la cour du lycée, accueillait mes longs développements sur le grand-duché. La plupart des Français s'échinent à railler les monarchies qui les entourent, sans même réaliser que ce sont souvent leurs voisins européens qu'ils insultent par là. Malgré tous mes efforts, en dépit des explications constantes d'un certain nombre de passionnés, nos compatriotes continuent de dénigrer, à travers les rois et les princes, la dimension symbolique de la politique. C'est pourtant vital, les symboles ! Notre pays a payé pour le savoir, qui s'est, de tout temps, construit sur eux. Si je me sens une mission, c'est bien celle-là : expliquer, encore et toujours, l'importance des symboles en politique. Je ne suis jamais si enthousiaste que lorsque je peux, au cours d'une émission de radio ou lors de la retransmission télévisée d'un grand événement, faire partager au plus grand nombre ma connaissance et mon respect des grands rites.

1999 aura été une année riche à cet égard. Deux mariages et deux enterrements... Les unions royales sont toujours symboliques : celle d'Edward et de Sophie, à Windsor, marquait l'entrée de la monarchie britannique dans une ère plus souple et plus démocratique ; quelle métamorphose ! En jetant un pont entre le peuple et la couronne, la reine contribuait à sa façon, et plutôt mieux que M. Chirac, à « réduire la fracture sociale ». Quant au mariage de Philippe et Mathilde, en Belgique, il devait symboliser à l'idéal la réunion d'un peuple trop souvent divisé, autour de son noyau vif. J'ai tenté de montrer alors que la monarchie belge, ciment de la nation, avait une irremplaçable mission fédératrice, dans la continuité historique et l'indépendance politique.

Symboliques, les obsèques ne le sont pas moins : celles du roi Hussein, si simples et si émouvantes, et où je devais faire comprendre à des téléspectateurs souvent peu versés dans ces questions les importants changements dynastiques qui avaient conduit Abdallah sur le trône ; celles aussi du roi Hassan II, où j'ai tenté de faire aimer et accepter une monarchie alaouite généralement incomprise. En Jordanie comme au Maroc, les deux jeunes souverains ont très vite pris des mesures draconiennes visant à faire entrer leur royaume dans le nouveau siècle. Ce n'est même plus de la symbolique, c'est de la politique pure – si ardue qu'elle paraisse parfois.

J'aime, lors de ces grands événements, le rôle qu'on m'y assigne aux côtés de mes comparses, et qui consiste à nommer, traduire, décrypter, élucider et expliquer – rôle de passeur auprès du public – l'univers densément symbolique de la royauté. Je ne m'interdis pas de souligner certains points faibles de telle ou telle monarchie ; mais je refuse absolument de dénigrer ou de me moquer. On n'est pas meilleur journaliste parce qu'on a le trait acéré et la plume assassine. Les échotiers, à force d'égocentrisme, ont une bien dangereuse tendance à rabaisser ce qui s'élève. Mais quand on aura détruit tous les symboles, que restera-t-il ? A titre personnel, je préfère mille fois prêter mon enthousiasme et le feu de ma passion à la compréhension des choses plutôt qu'à leur critique, et saluer leurs évolutions positives plutôt que vilipender leurs travers.

Mes princesses de cœur

Jamais je ne suis arrivé à Lisbonne sans avoir l'impression de rentrer à la maison. C'est comme cela depuis mon premier voyage au Portugal, en 1985, alors que j'allais rejoindre l'un de mes meilleurs amis qui y accomplissait sa coopération, Maxime, aujourd'hui hélas disparu. Cette capitale m'apporte, par sa présence incomparable, un bien-être que je ne puis expliquer. C'est comme si, dans une vie antérieure, j'en avais déjà fréquenté les rues, tracées au cordeau après le tremblement de terre de 1755, les places enjolivées d'architecture baroque, les quais au bord du Tage… Ainsi Lisbonne m'emplit-elle d'un sentiment à la fois très doux et très prenant ; c'est la seule ville au monde où je ressente ainsi, pour peu que je m'y promène, de fugaces mais intenses moments de bonheur.

Lisbonne ne s'est pas construite sur le Tage, mais contre lui ; d'où le sentiment réel d'une ouverture, et parfois d'un appel. Tout, ici, est invitation à la rêverie, au voyage, aux conquêtes. On y est à l'extrême pointe de l'Occident. Le Portugal, écrivit Camoëns, n'existe que pour « donner des mondes au monde ». Et de fait, en ce pays des songes, si profondément onirique, tout paraît possible et comme à portée de main. On n'y est pas entravé par les froides limites de la raison ; ici, le quotidien se pare volontiers de couleurs irréelles, la banalité même devient poétique.

Comment ne pas s'éprendre d'un pays qui fait la part si belle au rêve ? Contre les tenants d'une modernisation outrancière, vecteur de réalisme brutal et de nivellement par le bas, l'on voudrait crier son amour des traditions portugaises et proclamer leur force. Il est vrai que le pays, très attaché à ses racines, s'est construit contre son grand voisin. « D'Espagne, dit un proverbe local, ne vient ni bon vent ni bon mariage » – car, de même que le vent du sud assèche les récoltes, les infantes castillanes asséchèrent longtemps les dynasties lisboètes. Contre l'âpreté des passions espagnoles, le Portugal aura donc cultivé la « saudade », cette étrange nostalgie du futur… Ce n'est ni le spleen des Anglais, ni la Sehnsucht des Allemands ; c'est ce sentiment très particulier qui veut qu'on n'apprécie l'instant présent qu'en l'imaginant révolu : vite, que ce bonheur s'achève, pour qu'on en vienne à le regretter ! C'est dans les mélopées envoûtantes du fado, qu'il soit chanté par des hommes ou des femmes, que cette sensation s'est sans doute le mieux exprimée. Comme j'aime ce chant authentique et universel, et combien me réjouit l'union qu'il établit entre la grande aristocrate et la femme des faubourgs !

Le pays a ses mythes, tout empreints de cette nostalgie – et de cet onirisme… Ainsi du « sébastianisme », qui veut que l'immortel D. Sébastien, jeune roi vierge et pur de vingt ans, beau comme un ange armé, ne soit pas mort, comme le dit l'histoire, à la bataille d'Alcácer Kébir, en 1478. Après tout, l'on n'a jamais retrouvé son corps... Les Français traitent légèrement de l'énigme de l'Enfant du Temple, et les Russes plus légèrement encore du mythe du faux tsarévitch ; au Portugal, on ne vous parlera de D. Sébastien qu'avec la gravité qu'on réserve aux grands mystères. Et beaucoup croient pouvoir affirmer qu'après une nuit brumeuse, se découpant sur la mer de paille (le Tage) au petit matin, il reviendra prendre possession de son royaume. Le padre Antonio de Vieira, jadis, rapprocha la prophétie de celle du Cinquième Empire : le retour du jeune roi annoncerait l'imminence des temps messianiques, et c'est de Lisbonne que naîtrait la Jérusalem céleste...

On ne peut aimer vraiment un pays sans éprouver le besoin d'en connaître la langue. Aussi ai-je appris le portugais, pour lire Pessoa dans le texte, certes, mais aussi pour communiquer vraiment avec ces gens que j'aime, et pouvoir sillonner le pays sans trop me heurter aux barrières culturelles. Et puisqu'il faut toujours trouver de bonnes raisons à ce qui nous vient du cœur, j'ai profité de cet apprentissage pour accéder à des documents inédits sur Amélie, la dernière reine de Portugal.

L'idée de consacrer un ouvrage à cette grande figure de la monarchie portugaise m'obsédait depuis longtemps. Ce n'est pas que la personnalité de la reine soit en elle-même tellement exceptionnelle ; femme de devoir et d'honneur, Amélie assuma son destin avec grandeur, mais sans relief particulier. Dans son cas, c'est moins la personne qui sort du commun que les événements qu'elle aura traversés. N'est-ce pas l'intérêt principal d'un être humain que sa capacité à surmonter les épreuves de la vie pour les dépasser et aller plus loin ? A sa mort en 1951, la reine Amélie était devenue, « saudade » oblige, un mythe pour le pays qui l'avait autrefois dédaignée. Les Portugais se mobilisèrent en masse pour accueillir sa dépouille et la conduire à son dernier séjour.

Mais si Amélie mourut portugaise, elle était née française et, de surcroît, princesse d'Orléans ! C'est dire si son destin était propre à me captiver. J'appris d'abord à me repérer dans une vie jalonnée de renversements : son mariage avec le prince héritier de Portugal, son avènement trop rapide ; l'attentat qui, en 1908, lui avait valu de perdre, sous ses yeux, son mari le roi D. Carlos et son fils aîné Louis-Philippe ; et puis la disparition, en 1932, de son second fils, le roi D. Manuel II, mort sans postérité en dépit de son union avec une princesse allemande ; l'exil enfin, et les vieux jours dans sa maison près de Versailles, au Chesnay exactement… Il m'apparut très vite que cette vie était partagée en deux parties égales : quarante-trois années d'ascension vers le bonheur ; et quarante-trois de chute vers le malheur…

Grâce à l'accord du comte de Paris et de la Fondation Saint-Louis, je pus bientôt, aux Archives nationales, consulter le fonds de la maison de France et me plonger – en portugais – sur les cahiers intimes de la défunte reine. Plusieurs années durant, je devais y passer tous mes moments de temps libre, et notamment des samedis entiers. Pour autant, je ne me contentai pas d'une découverte aussi livresque. Fidèle à ma vocation de reporter, je me rendis partout où elle avait vécu, me faisant ouvrir ses maisons, ses chambres, rencontrant, au hasard de mes visites, des témoins qui l'avaient croisée à différents moments de son existence. La plupart, naturellement, l'avaient connue âgée. Mais je pus rencontrer aussi un témoin qui se rappelait encore précisément le visage de la reine avant l'attentat de 1908. C'était à Vila Viçosa, dans l'Alentejo aride, fief des Bragance.

Le petit garçon d'alors avait à présent cent deux ans. Encore très frais pour ce grand âge, il se souvenait avant tout de la reine comme d'une bienfaitrice ; c'est elle qui, chaque fois que la Cour arrivait en villégiature dans ce coin reculé du pays, faisait l'aumône aux pauvres et s'assurait que tous les enfants aient bien eu de quoi se nourrir. Tout cela discrètement, surtout : Amélie n'était pas du genre à faire la charité, comme sa belle-mère Maria Pia, depuis une litière aux armes royales… Pour lui, la reine avait été la bonne mère, à défaut d'être une sainte, ce à quoi elle ne prétendit jamais. Mon vieux témoin avait appris avec bien du retard la chute de la monarchie, en 1932 ; et comme beaucoup de Portugais, il regrettait un régime qui, dans sa mémoire, s'apparentait avec une forme très concrète de générosité et d'humanité.

J'avais dédié l'ouvrage à ma grand-mère, qui comme la reine avait vu mourir deux de ses enfants, en plus de son mari et d'un gendre. La perte d'un enfant est sans doute l'un des coups du sort les plus difficiles à accepter, tant elle paraît s'opposer à l'ordre naturel de la vie. Je pense qu'il s'agit là de tourments inexprimables et, sans assimiler les peines, j'ai admiré ces deux femmes d'avoir su les accuser sans perdre leur dignité. Sans doute ai-je idéalisé l'une et l'autre ; mais je l'ai fait sciemment, heureux de pouvoir fixer ainsi des modèles à ma propre conduite. Or, si la reine Amélie m'évoquait par son destin ma grand-mère maternelle, par son caractère c'est à ma mère elle-même qu'elle me ramenait. Fortes et volontaires, et surtout décidées à ne pas s'attendrir sur leurs propres malheurs, elles avaient de la même façon, quoique sur des plans infiniment éloignés, fait primer leur devoir sur des considérations plus intimes. Ce parallèle, pour être audacieux, ne m'en paraissait pas moins véritable ; il achevait en tout cas de me rendre sensible aux malheurs de mon héroïne.

Les figures de reine ou de princesse ne sont jamais si grandes que lorsque, confrontées à la difficulté, elles savent transcender leur situation pour donner à voir au public la dimension éternelle de ce quelles incarnent. Ma passion m'a donné plusieurs fois l'occasion de croiser de ces femmes exemplaires ; jamais cependant je n'ai vu tant de détermination à faire reconnaître un héritage que chez la princesse Marie-Gabrielle de Savoie. Sa sœur aînée, la princesse Maria-Pia, fait beaucoup pour le rayonnement de son nom ; et le prix Oscar Wilde, dont je m'honore de fréquenter le jury, en est un bel exemple. Mais pour Marie-Gabrielle, c'est de croisade qu'il conviendrait de parler plutôt, ou bien de sacerdoce.

Aux côtés de sa mère, la vieille reine Marie-José qu'elle héberge, à travers sa fondation Roi Umberto-Reine Marie-José, et lors d'activités culturelles incessantes en Italie, bien sûr, mais aussi à l'étranger, la princesse prouve chaque jour qu'on peut avoir été et continuer à être, et qu'il n'est pas indispensable de ceindre la couronne pour la porter dans son cœur. Elle est si élégante, si sûre d'elle, si profondément noble qu'on ne peut oublier un instant qui elle est – et cela alors même que rien dans ses propos n'y fait jamais référence. Personne ne douterait qu'elle ait bien été l'amour de jeunesse du futur roi d'Espagne, avant d'être demandée en mariage par le Shah lui-même. Elle ne s'imposa pas au premier par respect de la raison d'Etat, et se refusa au second par fidélité à ses sentiments.

La même élégance, la même discrétion, je les retrouve exactement chez celles que j'appelle mes « princesses de cœur » : la princesse Diane de France, duchesse de Wurtemberg, et la princesse Salimah Aga Khan.

La princesse Diane étant l'une des filles du comte et de la comtesse de Paris, je l'avais rencontrée il y a fort longtemps, ne cherchant pas à aller au-delà de l'image d'originale qu'elle véhiculait alors ; car elle a toujours été l'électron libre de la famille d'Orléans. Née au Brésil, elle a tôt montré une grande indépendance de caractère, au point que son père l'a fait interner, toute enfant, pour troubles du comportement. Il faut dire que la petite princesse, brimée dès son plus jeune âge, refusa les carcans de règles injustifiées, et puisa dans les tourments qu'on lui fit endurer la force positive et l'énergie créatrice nécessaires pour se trouver elle-même et forger sa personnalité, un peu comme elle façonnerait, plus tard, ses belles sculptures de bronze. Surtout, elle répandrait autour d'elle le goût de ce bonheur qui lui semblait un paradis parce qu'il lui avait été longtemps interdit. Fantasque, inattendue, elle a su très vite gagner son indépendance en décorant elle-même toutes sortes de foulards et de tissus. Son mariage, en juillet 1960, avec le duc Carl, héritier des rois de Wurtemberg, ayant définitivement assis son autonomie, elle se risqua dans la création pure et peignit des toiles dont la réputation n'est plus à faire. Mais son art lui valut d'être atteinte, à vingt-sept ans, de saturnisme, au point de mettre ses jours en danger. Elle se promit alors, si par miracle elle réchappait à son mal, de tout mettre en œuvre pour venir en aide aux enfants maltraités. Le plus étonnant n'est pas qu'elle ait tenu parole – c'est en effet le fond même de sa personnalité –, mais que son association, Les Enfants de la Vie, ait acquis le rayonnement qu'on lui connaît. Parallèlement, la princesse Diane continue d'encourager de jeunes artistes, en vraie mécène : sans se contenter de présider une soirée de gala en l'honneur d'artistes méconnus, elle leur ouvre les portes de sa propriété ; et soutient personnellement la production de plusieurs d'entre eux. Mais si la princesse Diane est aujourd'hui devenue un modèle pour moi, ce n'est pas tant pour ce qu'elle fait que pour ce qu'elle est : j'envie sa capacité de réguler les ondes, de cultiver l'amitié vraie par-delà les faux-semblants et, sans distinction de classe, de transformer les obstacles en défis et faire ainsi que les pires expériences se révèlent toujours, digérées par elle, des sources de joie et de création.

Salimah exprime différemment cette énergie ; elle possède la pureté, la justesse, la noblesse d'âme qui font les natures d'exception. Je l'ai rencontrée assez récemment, à la suite d'une émission de la série « Famille, je vous aime » où j'avais parlé, un peu légèrement sans doute, de la pension alimentaire que devait lui verser son ancien mari, le prince Karim Aga Khan, chef spirituel des Ismaéliens. Son avocat, maître Philippe Lizop, m'avait « convoqué » pour protester contre ce qu'il pensait être de la malveillance ; je lui dis, sans aucune arrogance, que j'étais tout disposé à faire amende honorable et que, puisque mes informations étaient fausses, je ne demandais pas mieux que d'en obtenir par lui de meilleures.

Désarmé par ma bonne volonté, il accepta et me mit à l'épreuve. Je consacrai alors un grand article à la vente des bijoux de la Bégum, chez Christie's à Genève, permettant à la princesse d'acquérir son indépendance financière pour mieux se pencher sur le sort des plus démunis. Peu de temps après, il me présenta à sa cliente.

D'abord un peu réticente, la princesse Salimah se révéla, une fois mise en confiance, la femme la plus charmante et la plus gracieuse qu'on puisse imaginer. Je compris très vite qu'elle ferait partie des très rares altesses avec lesquelles je pourrais déposer un instant le micro du journaliste pour parler simplement, en étant moi-même. Et je sentais que de son côté, pour me parler, elle ne prenait pas, comme le font tant d'autres, une posture ou un ton particuliers. Elle aussi demeurait naturelle, et c'est peu dire que cela nous permit de nous comprendre.

« Peut-on devenir l'ami des princes ? » me demande-t-on souvent. La réponse n'est pas évidente. Bien sûr, des relations de confiance et de fidélité peuvent se tisser avec certains d'entre eux ; et j'éprouve pour ceux-là une affection qui n'est pas différente de celle que m'inspirent mes autres amis. Dans l'instant, elle peut même être plus forte. Cependant, et sans rien renier des liens chaleureux qui m'unissent à mes princesses de cœur, je n'oublie jamais qui elles sont. Je pense même que c'est la condition pour que perdure notre amitié mutuelle. Peut-être faudrait-il leur demander si l'on peut devenir l'amie d'un journaliste – aussi discret et respectueux soit-il.

Pour en revenir à la bégum Salimah, nous avons organisé ensemble un voyage à Tahiti pour couvrir un voyage humanitaire qu'elle devait y accomplir pour le compte de l'association SOS Villages d'Enfants. J'avais pensé cocotiers, vahinés et monoï, et je me retrouvais, hors de tout exotisme, confronté à la gestion difficile de la misère infantile au quotidien. La générosité et la profonde humanité dont la princesse fit preuve pendant ce séjour éprouvant – mais qui pour elle est malheureusement coutumier – devaient me conduire, un peu plus tard, à lui demander de financer le prix humanitaire *Madame Figaro,* dont le but est de canaliser les bonnes volontés vers des œuvres qui s'en révèlent dignes. Quand tant d'altesses dévotes croient faire œuvre de charité en acceptant que leur nom figure sur les bristols de grands galas, la princesse Salimah fait de la générosité avec son argent. Dès 1995, elle vendit ses bijoux pour se donner les moyens d'une véritable action caritative et répondre de manière concrète à bien des cris d'alarme.

Cette expérience à Tahiti fut une des rares qui, dans mon métier, me permit de quitter ma spécialité pour accéder à une réalité bien plus universelle. Les enfants qui souffrent ne font aucune différence entre une princesse régnante, une prétendante ou une duchesse douairière ; c'est la femme généreuse et attentionnée qu'ils attendent, celle qui les soulagera un peu et fera connaître leur misère pour aider à l'endiguer dans l'avenir.

La princesse Margarita de Roumanie m'avait emmené, naguère, dans les hôpitaux de son pays... C'était en 1990, juste après la révolution qui mit à bas le dictateur Ceaucescu. Elle avait été l'une des toutes premières à prendre la mesure du désastre humain dont la Roumanie venait d'hériter. Mais dans les yeux des enfants qui mouraient par dizaines, ce n'était même pas de l'espoir que je lisais ; c'était une sorte de gratitude toute simple pour l'attention qu'on voulait bien leur accorder, pour l'amour que leur prodiguait la princesse, au fin fond des mouroirs les plus abjects du pays. Ainsi Margarita accomplissait-elle, elle aussi, son devoir de princesse en même temps qu'elle mettait en œuvre une solidarité humaine, simplement, et qui ne devait rien aux titres.

L'action de la digne fille du roi Michel ne devait pas s'en tenir à cet aspect urgent, prioritaire, de l'aide et du soutien au peuple roumain. Les dimensions politique, sociale et culturelle ne sont pas absentes, loin s'en faut, des actions menées, depuis près de dix ans maintenant, par la Fondation Princesse Margarita. J'ai pu moi-même juger de son implantation sur le terrain et de l'efficacité de son rôle dans des domaines très variés. N'a-t-elle pas souhaité, tout récemment encore, se rendre elle-même à Bucarest, Timisoara et Iasi, afin de passer au milieu des siens le cap de ce changement de millénaire ?

Le samedi 24 juin 1996, j'aurai la chance d'accompagner le roi Siméon II de Bulgarie lors de son accueil triomphal à Sofia, après plus de cinquante ans d'exil. A l'invitation d'une centaine d'intellectuels bulgares, il reprenait contact avec ce peuple dont on l'avait brutalement coupé – sans poser d'emblée la question du régime. « Vous n'imaginez pas ce que cela représente de parcourir cinquante ans d'une vie en quelques heures, me confia le roi. J'avais tenu à ce que nous soyons seuls dans l'avion afin que je puisse méditer en paix, me recueillir et méditer avant ce déferlement d'émotions. J'ai survolé la Bulgarie dans le cockpit de l'appareil : mais le moment le plus fort, le plus saisissant, c'est quand l'avion s'est posé sur la piste. J'ai alors regardé ma montre. Il était 14 heures 42. » Et c'est peu de dire que les émotions ne manquèrent pas, en effet, au cours de ce séjour où tout un peuple venait, par délégations, crier son amour au « tsar » revenu. Partout où nous nous rendions, la foule l'acclamait, l'embrassait, l'entourait. Témoin privilégié de cet événement rare entre tous, j'avais encore le bonheur de profiter, chaque matin au petit déjeuner, des confidences du souverain à propos de ses émotions de la veille. Ainsi, au lendemain de son apparition au balcon de l'hôtel de ville de Sofia, devant une foule en délire, le roi devait me confier : « Ce jour à lui seul justifie toute une vie de sacrifices. » Emporté par cet élan romantique, j'aurais aimé, quant à moi, que le roi profitât de l'occasion et reprît sa place sur le trône de son père, le tsar Boris III. Ma soif d'action voulait un coup d'éclat.

Mais Siméon se garda bien d'agir sous le coup de l'impulsion. Ce natif des Gémeaux, sage et volontiers méditatif, m'a parfois donné la fâcheuse impression de privilégier la réflexion à l'action. Quand une foule d'un demi-million de personnes est là, dans la rue, à acclamer le nom du roi et crier son attente d'une restauration, il peut sembler dérisoire de temporiser, de remettre les choses en perspective, de leur laisser du temps. Mais avec le recul, je me dis que c'est lui qui avait raison.

Il avait trop connu l'exil pour mettre en péril, au moment où tout se redessinait, la couronne qu'on lui avait déjà retirée jadis – alors qu'il était si jeune... Siméon II ne se vit pas comme un « exilé de métier », et le spectre du film de Charlie Chaplin, *Un roi à New York,* lui glace les sangs. Pour autant, cet homme sage ne veut pas donner à son peuple des illusions qu'il faudrait bien décevoir un jour ou l'autre. Le roi préfère l'infiltration au coup de force : aujourd'hui, rentré en possession d'un de ses palais, il peut déjà se permettre d'y recevoir l'actuel président de la République bulgare... Mon roi de cœur n'est pas un boutefeu ; il a compris que, dans le marécage bulgare, il est plus qu'urgent d'attendre et, toujours prudent, d'avancer un pas après l'autre. Or, il progresse... Comme le disait Louis XVIII du futur roi Louis-Philippe : « Je ne le vois pas avancer, et pourtant, il chemine... » N'oublions pas que Siméon est né Saxe-Cobourg ; et que les hommes de cette auguste maison ne s'illustrent généralement que sur le tard.

Mon Luxembourg n'est jamais loin ; je vous l'ai dit, il me poursuit ! A l'heure où je mets la dernière main à cet ouvrage, je sors du château de Fischbach enneigé, où le grand-duc héritier Henri et son épouse, la grande-duchesse Maria Teresa, viennent de m'accorder un long entretien exclusif. Plus de dix ans après ma première visite, le choc a été de retrouver leur fils aîné, le prince Guillaume, adulte : le 11 novembre 1999, il a fêté ses dix-huit ans ! Je vois encore ses jeux d'enfant en 1989, et je me souviens même d'avoir découpé les articles relatant sa naissance, puis son baptême, dans le *Luxemburger Wort* que m'envoyait mon grand-père. Plus fascinant encore, la présence de la princesse Alexandra et de son cadet Sébastien, nés après ma dernière visite ! Tandis que Guillaume de Laubier mettait en scène le portrait de famille dans le grand salon, je me pris à penser à ma propre grand-mère que j'étais passé, comme à chacune de mes visites au grand-duché, embrasser de tout mon cœur. Finalement, toute ma vie n'était-elle pas comprise, et comme résumée, dans ces fidélités croisées à ma famille maternelle et à « ma » famille grand-ducale ?

Pour ajouter à l'émotion d'une telle rencontre, l'entretien prit un tour pour le moins inattendu. Nous avions commencé par de longues séances de pose, avant que la lumière hivernale ne tombe sur Fischbach. Il était convenu que je commencerais par l'interview « politique » du grand-duc héritier Henri, celui-ci devant se rendre en fin d'après-midi au palais pour y recevoir le Premier ministre Jean-Claude Juncker. Bien évidemment, j'avais respecté les consignes du palais m'enjoignant de ne pas évoquer la date à laquelle le grand-duc Jean, soixante-dix-neuf ans, abdiquerait en faveur de son fils, qu'il avait nommé lieutenant représentant en mars 1998. Lorsque le prince revint de son audience avec le chef du gouvernement, j'étais encore en entretien avec son épouse, la questionnant abondamment sur ses activités d'ambassadrice de bonne volonté de l'Unesco. Il faisait déjà nuit noire et l'heure du dîner approchait. Je m'apprêtais à prendre congé lorsque le couple princier, se concertant, me rappela et me guida vers le petit salon rouge où s'étaient déroulés nos entretiens. « Nous allons vous mettre dans la confidence, mais en vous demandant de ne rien dire ni écrire avant quatre jours », me dit alors le grand-duc héritier Henri. « La veille de Noël, dans son allocution télévisée au peuple luxembourgeois, mon père annoncera son intention d'abdiquer en septembre 2000… vous êtes le premier à le savoir. »

Avant de songer à l'importance du scoop que je détenais pour l'édition du *Figaro* du samedi 25 décembre, je tremblais d'une émotion autrement personnelle. Ainsi donc, une nouvelle fois, la Providence faisait de moi le témoin privilégié d'un événement majeur dans la vie et l'histoire de mon grand-duché. Comment ne pas y voir un signe supplémentaire du destin qui a voulu que je sois là, toujours, quand il se passe quelque chose au Luxembourg ? De ces indications que certains trouveront irrationnelles, je tire pour ma part un attachement indéfectible à ce qui reste le royaume de mon enfance et persistera longtemps, j'espère, à guider mon parcours. La prochaine fois qu'un moment de doute viendra troubler mon travail, je penserai à ce beau geste des grands-ducs héritiers Henri et Maria Teresa de Luxembourg ; et je tenterai d'y puiser la force de continuer.

Mon royaume à moi

Vous allez rire, moi j'en rougis encore. Chaque fois qu'il m'est donné de paraître, en public, aux côtés d'un prince peu médiatique ou d'une princesse qui ne fait pas les « unes » et dont je suis l'un des seuls à mesurer la grandeur généalogique, je me sens saisi d'un même sentiment mêlé de honte et de gêne : les regards se tournent immanquablement vers moi, et ignorent la personnalité qui m'accompagne. Pour un peu, les gens demanderaient : « Qui est le gars couronné à côté de Stéphane Bern ? » Ce doit être ce qu'on appelle la rançon de la notoriété... Les plateaux de télévision, comme les studios de radio ou les tribunes de la presse écrite m'ont certes rendu plus « célèbre » que certains d'entre eux. A mon corps et à mon cœur défendants. Je respecte trop la symbolique royale et la majesté de l'héritage historique qu'ils incarnent pour accepter une telle confusion des genres. Je refuse d'être pris pour un prince... Je me suis toujours efforcé de tenir ma place.

Au-delà de cet amalgame, la notoriété n'est pas toujours agréable à vivre. Vous me pardonnerez d'appliquer à mon cas, et fort peu modestement, ce que la reine Beatrix des Pays-Bas avait affirmé lors de son avènement en 1980, marquant ma mémoire de manière indélébile : « J'ai eu définitivement dans ma vie un moment où j'ai pensé : oui, je l'accepte, maintenant je l'accepte réellement. Ce n'est pas une fonction acquise une fois pour toutes. C'est une tâche que personne ne demanderait à remplir. On en voit bien la splendeur extérieurement, mais on en discerne rarement la charge et le renoncement constant qu'elle implique. » Dans mon cas, ce renoncement prend la forme d'un travail permanent : je ne compte plus les soirées, les week-ends et même les jours de vacances sacrifiés à mon métier – ma passion, devrais-je dire –, simplement parce que je m'estime déjà bien heureux de pouvoir gagner ma vie en faisant ce que j'aime.

Chaque fois que je me plains, en famille, de cette surcharge de travail, et que je souligne le contraste flagrant entre mes différentes responsabilités et l'apparence frivole et mondaine que la télévision peut parfois en donner, mon père m'invite à prendre davantage de recul, à moins me disperser dans mon travail, et souligne mon plus grand défaut : vouloir à tout prix, et même au détriment de ma santé, tout faire comme un bon soldat, sans jamais savoir dire non. Souvent aussi, il me trouve trop sensible aux critiques et pas assez réconforté par l'affection de ceux qui apprécient mon travail, concluant invariablement ses mises en garde par ces mots : « Tu n'as pas été préparé à ce succès, ni à la notoriété qui l'accompagne. »

Lors de mon dernier anniversaire, fêté en Tunisie avec mes amis, j'ai été très ému du compliment que mon père, sans doute rassuré par l'affection de ceux qui m'entouraient, m'adressa ; amendant quelque peu ses précédents sermons, il me concéda : « Le succès te va bien, et je ne te souhaite qu'une chose : que tu gardes encore longtemps la tête froide. » Les autorités locales m'avaient ce soir-là offert un chameau, baptisé « Sagas », en gage d'attachement au pays ; comme lui, j'ai souvent dû traverser le désert et y faire preuve d'endurance et de robustesse. Seule me manquait la peau du rhinocéros, celle qui rend invulnérable aux critiques.

Des attaques et des coups bas je ne veux pas me souvenir, à l'heure où j'évoque quinze années de pérégrinations, à jouer les « Tintin reporter chez les rois ». J'aime mieux me rappeler les rencontres privilégiées et souvent exceptionnelles avec mes rois et mes reines de cœur. Certes, j'ai longtemps hanté les couloirs feutrés des palais royaux, foulé les tapis rouges, fréquenté l'or et la pourpre des maisons princières. Mais derrière ce décor parfaitement théâtral, et indissociable de la fonction, j'ai quelquefois découvert les vrais joyaux qui s'y cachaient : le geste de pure générosité d'une reine, la pensée déliée d'un prince, l'expression heureuse et inattendue d'une âme sensible. Au fil des ans, j'ai peu à peu compris que ce qui m'attirait dans ces demeures grandioses résidait moins dans les couronnes que dans la personnalité de ceux et de celles qui les ceignent.

Resteront gravés dans ma mémoire le charme suranné de la reine Elisabeth prononçant le discours du Trône au palais de Westminster, après avoir traversé Londres dans son carrosse doré ; le visage baigné de larmes de la reine Beatrix volant au secours des victimes d'un effondrement de digue ; la conversation érudite de la reine Margrethe répondant à brûle-pourpoint aux questions les plus embarrassantes ; la simplicité non feinte du roi d'Espagne s'excusant de « vous tutoyer » à l'issue d'une victoire de son voilier dans une régate à Majorque ; les confidences presque éteintes du noble roi exilé Michel de Roumanie dans sa modeste villa genevoise ; la sagesse édifiante du roi Siméon de Bulgarie, gardant toute sa mesure dans l'émotion qui l'étreignait lorsqu'il revint à Sofia pour la première fois... Je pourrais multiplier à l'envi les exemples de situations particulières où, sous la couronne, j'ai décelé l'homme ou la femme. Ses forces et ses faiblesses. Ses doutes et ses certitudes. Chaque fois, la même magie s'opérait, qui me subjuguait par l'harmonieux mariage de la majesté et de la fragilité, de la grandeur et de la simplicité. J'étais renvoyé au *Cid* de Corneille :

> « Pour grands que soient les rois, ils sont ce que nous sommes
> Et peuvent se tromper comme les autres hommes. »

N'est-ce pas la véritable leçon ? La monarchie est avant tout humaine, puisque l'Etat s'y incarne dans un être de chair et de sang. La véritable noblesse, contrairement aux apparences souvent trompeuses, procède moins des titres que du cœur et de l'esprit.

Mon royaume à moi ne sent pas la naphtaline ; il est loin des vieux papiers et des vieilles dentelles. Mon royaume à moi ne s'est pas édifié sur la nostalgie d'un passé révolu, pas plus, d'ailleurs, qu'il ne se nourrit complaisamment des utopies et des chimères s'attachant aux espérances sans lendemain. Mon royaume se conjugue au présent ; il est tissé au quotidien de tous les événements qui font l'actualité royale : on voudrait les réduire à la chronique des gens heureux, quand j'y vois l'écriture permanente de l'Histoire en marche. Pour autant, je reste fidèle au passé glorieux de toutes ces dynasties qui peuplent mon univers, avec leurs traditions chamarrées, leurs points d'ancrage et leurs charmantes incongruités. C'est aussi un art de vivre, par la distance qu'il met entre nous et les modes, si tristement éphémères. La courtoisie et le respect de l'autre, l'union dans la diversité – ces vertus, qui sont l'apanage de la monarchie, sont à mes yeux les garants d'une société plus aimable.

Mes reportages auront eu aussi pour ambition d'illustrer cette vérité : le cercle magique des têtes couronnées, loin d'être un cénacle mystérieux et la source de tous les fantasmes, a pour rôle essentiel de nous rendre intelligible une Histoire qui s'accélère, en posant des jalons sur une course qui nous échappe. Ceux qui ont résisté sans encombre à l'an mil, ne pourraient-ils encore nous permettre de franchir plus sereinement le cap de l'an 2000 ? Quand je songe à ces professeurs d'histoire qui s'évertuaient à me convaincre de la tyrannie des rois et prétendaient que leur existence même était une entrave au progrès ! A l'heure où les premières démocraties du monde nous offrent des exemples d'une monarchie ultramoderne, qui oserait encore leur prêter foi ?

Jamais je ne me suis laissé bercer de mots creux et d'idées vides. Sur le terrain, j'ai forgé mes convictions. Sur le terrain, je les ai fait partager. N'en déplaise aux rêveurs, la monarchie est une bien tangible réalité ; elle joue un rôle actif dans dix pays d'Europe, elle demeure vivace sur les quatre autres continents – et même en Australie où la reine Elisabeth a été confirmée en novembre 1999 dans son rôle de chef de l'Etat –, elle renaît dans l'Afrique déchirée par de sanglantes luttes tribales. On le voit bien : la monarchie n'est pas affaire de salons, elle relève intrinsèquement de la politique. C'est dire si j'ai peu de goût pour la fréquentation de ces cocktails inutiles, ces vains dîners en ville et ces interminables soirées de gala, où l'on perd son temps et ne gagne jamais que du poids. A tort, on m'identifie aux princes qui se voient infliger la punition de se prêter de bonne grâce à toutes les représentations. N'ayant jamais à représenter que moi-même, vous comprendrez pourquoi, en général, je fuis les mondanités. Je ne suis ni un pilier des « pince-fesses », ni de ceux qui accourent à l'odeur des petits-fours. Mon royaume à moi ne se fonde pas sur des apparences et des faux-semblants ; il se nourrit bien plutôt de vérité et d'authenticité. J'aurais trop peur de perdre mon âme dans ces vanités. Je tiens à cultiver ces joies héritées de l'enfance, cet enthousiasme juvénile que tant d'expériences n'ont pas émoussé, cette spontanéité de tous les instants, cette franchise enfin qui me fait haïr les mondains.

Vous me croyez peut-être blasé ? Je suis curieux de tout, au contraire – de tout et de tous. Mon appétit pour la découverte est féroce. Vous me pensez arrogant ? Je partage en vérité l'avis de Sir Laurens Van der Post, le mentor du prince Charles, quand il écrit que « l'autre est un autre soi-même ». Je n'aurais jamais entrepris cette carrière si je n'avais été animé par un esprit de bienveillance et d'humilité. D'ailleurs, quand les sirènes médiatiques ont commencé de me faire entendre leur chant trompeur, j'ai veillé avec un soin jaloux à ne pas perdre le goût des plaisirs les plus simples. Et si vous m'avez imaginé « coincé », c'est que vous ne m'avez pas encore croisé rue des Martyrs, faisant mes courses en jeans… Il en restera quelques-uns pour prétendre que mon sourire « télévisuel » est à l'image de mes costumes : emprunté ; à ceux-là je réponds que si je souris, c'est d'abord par plaisir de partager ma gourmandise pour les sujets royaux ; ensuite, par excès de politesse envers tous ceux qui me font la gentillesse de m'écouter ; enfin parce que je suis d'heureuse nature…

Il me fut demandé, un jour, de me choisir une devise, dans le cadre d'un article sur l'héraldique. J'ai opté pour ce jeu de mots latin : « Calamo non fero », ce qui peut se traduire par : « Avec la plume, je ne frappe pas » ou bien, au choix : « Par la plume et non le fer. » Cette dernière acception me définit mieux que l'autre, puisque j'ai choisi de défendre mes convictions monarchistes par l'écriture. Et de servir de nobles causes. Si, depuis toujours, dans une sorte de continuité familiale, je me suis senti des devoirs sociaux, caritatifs ou humanitaires envers mes semblables, ce n'est que très récemment que je me suis décidé à agir. Jusqu'à présent, je n'acceptais déjà de participer qu'à des soirées dont l'objet présentait une utilité. Souvent même, j'en assurais l'animation ; comment aurais-je pu refuser de soutenir les œuvres de l'ordre constantinien de Saint-Georges, présidées par le prince Charles de Bourbon-Siciles, duc de Calabre ? Ou les actions méritoires en faveur des enfants maltraités de la Fondation pour l'Enfance de Mme Giscard d'Estaing ? Il ne se passait pas de semaine sans que je soutienne une assocation caritative ou une œuvre humanitaire – en oubliant un peu vite la fondation que mon père, mon frère et moi avions créée lors du décès de ma mère. Il n'est jamais trop tard pour bien faire. Dans les mois qui viennent, j'entends contribuer à donner à cette œuvre un souffle nouveau. Les malades du diabète insulino-dépendant méritent aussi qu'on se préoccupe de leur sort. Quand on reçoit beaucoup de la vie, on est plus à même de se pencher sur la souffrance des autres. C'est aussi un devoir moral.

C'est le même esprit qui m'a conduit à assumer ma récente élection au conseil municipal du IXe arrondissement de Paris. Ce qui n'était à l'origine qu'une pure fidélité familiale au maire, l'ancien ministre Gabriel Kaspereit, est en passe de devenir un véritable engagement personnel, un geste d'attention à mes concitoyens – et un acte parfaitement républicain au sens où je le comprends : la défense du bien commun, fût-il circonscrit au IXe arrondissement ! Tout n'est qu'affaire de hasard : à la demande du maire, je m'étais retrouvé, lors du scrutin de juin 1995, sur la liste de la majorité municipale, en position *a priori* inéligible. De fait, à la déception du maire, le verdict des urnes m'écarta du conseil d'arrondissement ; mais on ne m'en confia pas moins le poste de chargé de mission pour les affaires culturelles. Allais-je entrer en politique ? Tel n'était pas mon but, ni ma vocation. Du reste, pendant un an, m'échinant à organiser concerts, conférences, signatures et expositions – je me souviens encore de la tête que firent les fonctionnaires municipaux lorsqu'ils me virent organiser l'exposition « Les Princes et la Peinture » dont le vernissage attira un aréopage de têtes couronnées suivies d'un essaim de photographes... –, je réalisai à mes dépens que le bénévolat municipal est une activité à plein temps. Je dus vite renoncer à poursuivre une expérience qui s'était pourtant révélée fructueuse. Le départ d'un conseiller d'arrondissement, en octobre 1999, me propulsa néanmoins au sein du conseil ; je ne pus me dérober plus longtemps à la *vox populi...* Notoriété oblige, les médias ne tardèrent pas à s'emparer de la nouvelle – presse écrite, radio, télévision se saisirent de cette « élection » pour me transformer en joyeux trublion de la campagne anticipée pour la mairie de Paris ! On imagina bien vite que « le roi du Gotha » allait « se lancer à l'assaut du trône de Jean Tiberi ». Je m'amusai, en épluchant la presse qui me prêtait des ambitions nouvelles, et qui, à mes casquettes déjà nombreuses, voulait que j'ajoute celle de maire. Mais il est dommage qu'en France, toute volonté exprimée et assumée de servir le bien public soit déconsidérée et confondue avec de secrètes ambitions de pouvoir.

Depuis longtemps, m'attachant à évoquer le destin de personnalités hors du commun, j'ai dû m'habituer à ce cortège inévitable de quolibets et de railleries, d'attaques sournoises et de critiques acerbes, telles des flèches empoisonnées venant de toutes parts. Jamais je n'ai répondu, préférant le silence à la procédure judiciaire – même si ces traits me blessaient par leur injustice. J'ai toujours été le premier à rire des caricatures que faisaient de moi les Jean-Eric Bielle, Patrick Adler ou Yves Lecoq... Je devrais, en toute bonne foi, remercier les « Guignols de l'Info » de m'avoir intronisé au sein de leur troupe de marionnettes. C'est beaucoup d'honneur, tant il est vrai qu'ils sont légion à accrocher le ruban rouge à leur boutonnière et que nous sommes bien moins nombreux chez « Poivre de... ». Etrange, cependant, la saga de ma marionnette ! En 1998, elle cirait gentiment les (grandes) pompes – j'aime tant ce qui brille –, puis elle s'astiqua très indécemment sur les genoux princiers – la proximité des altesses me met en extase –, avant de se métamorphoser, tout récemment, en accoucheur de potins royaux qui, tout en continuant de lécher les bottes, déverse un flot d'ordures sur la vie intime des têtes couronnées. Ils tiennent le bon filon, quitte à se fourvoyer en abandonnant le registre de la caricature honnête pour aborder celui du procès d'intention. On nage dans le graveleux ; cela ne me gêne pas outre mesure ; ils se lasseront avant moi. Je regrette cependant que parler français à la télévision et porter une cravate soient des signes coupables de préciosité et de pédantisme. C'est en voyant, parfois, des caricatures comme celle-là que je réalise l'écart énorme qui peut distinguer la vraie personnalité d'un homme de l'image qu'il peut en donner. Certes, le « sourire virtuel » du présentateur de « Sagas » – que la technique fige un peu dans un décor électronique – a contribué à créer un personnage qui me dépasse et mène sa vie propre. A tort, la lucarne magique incite le téléspectateur à m'identifier immédiatement avec les célébrités dont je parle. Mais ce n'est qu'un effet d'optique et, derrière le prisme, il y a un journaliste, tout simplement. Dois-je souffrir de cette confusion ou me réjouir de l'immunité qu'elle m'offre ? Je n'ai pas le temps de me battre contre des moulins, ni de trop m'appesantir sur ce qui est passé ; ce n'est pas en luttant contre l'ombre qu'on éclaire sa route, c'est en allumant de nouvelles lumières. Fi des critiques ! Il faut déjà que je m'estime heureux d'avoir échappé à la guillotine... En d'autres temps, on m'aurait envoyé à l'échafaud ; aujourd'hui, les téléspectateurs me font l'honneur de partager ma gourmandise pour les événements du Gotha. C'est ma plus belle récompense. Celle qui justifie de longues journées de labeur. Celle qui explique aussi les sacrifices que j'ai pu faire.

Je l'ai dit plusieurs fois dans ces pages : aucune situation n'est éternelle dès lors qu'elle s'appuie sur les choix du public. A la télévision, tout peut très bien s'arrêter demain. Je ne vis pas cela comme une menace permanente, simplement comme un état de fait, qui rend modeste et pousse à se dépasser chaque jour. Que restera-t-il lorsqu'il n'y aura plus rien ? La passion, assurément, une passion intacte, même détachée des gratifications qui l'accompagnent aujourd'hui. C'est elle qui m'a toujours animé dans mon métier ; c'est elle qui me donne la force de continuer.

Moi aussi, je respecte la loi sur les trente-cinq heures. Je l'aime tellement que je la renouvelle trois fois par semaine. Non sans ironie, mon père me rappelle souvent un souvenir de mon enfance : quand il rentrait tard de son travail, je jurais mes grands dieux que jamais, « lorsque je serais grand », je ne m'astreindrais à des horaires de bureau. Mission accomplie : au moment où je me mets à ma table de travail, les bureaux ne sont pas encore ouverts ; et ils sont depuis longtemps fermés lorsque je la quitte… Pour autant, je mesure ma chance, je dirais presque mon privilège, de vivre par et pour ma passion. A ceux qui, aujourd'hui, me parlent de succès ou de réussite, et me tressent des lauriers, je réponds que cela m'importe peu, au fond. Seul compte l'accomplissement d'un destin. Car je crois avant tout – s'il fallait donner des recettes – aux vertus du travail et de la ténacité dans la réalisation de ses passions profondes. En moi sommeille toujours un bon petit soldat, toujours prêt à monter au front pour y livrer bataille et y défendre ses fidélités.

Ce mot galvaudé constitue la véritable colonne vertébrale de mon existence. Fidélité, d'abord, à la monarchie grâce à laquelle j'ai trouvé, ou retrouvé, de nouvelles familles à aimer. Certes, au fil des ans, le corset des révérences s'est quelque peu relâché et le journaliste a pris le pas sur le groupie ; je n'en reste pas moins indéfectiblement attaché à l'idée même de la monarchie, comme garante des institutions démocratiques, symbole de l'unité nationale et incarnation de la continuité historique. Gare, dès lors, au prince qui ne se montrera pas digne de son nom !

Fidèle, je le suis aussi à celles et ceux qui ont cru en moi dans un temps où parler des rois n'était pas encore en vogue. Sur le long chemin de notre vie, lorsqu'on est animé d'une passion puissante, il se trouve toujours des personnes qui, au hasard des rencontres, vous offrent des opportunités ; à vous de les saisir. Voyant clairement où je voulais aller, certains m'ont aidé, guidé, conseillé ; ils ont eu la délicatesse de ne pas s'attribuer pour autant mes mérites. Je persiste à penser que le talent n'est rien sans travail ni motivation. Les feux de la rampe ne me feront pas oublier ceux qui se sont révélés mes vrais amis dans l'épreuve, ni ceux qui m'ont mis le pied à l'étrier. L'ultime fidélité, c'est celle qu'il convient de se porter à soi-même. Ne pas dévier de sa route. N'avoir pas à rougir de ce que l'on fait. Etre fier de ce que l'on est. Rester serein dans l'adversité et modeste dans la réussite. Et surtout, ne jamais se mentir à soi-même. Pour ma part, j'ai eu la chance d'être éduqué par des parents pour qui ces vertus étaient cardinales. Aujourd'hui, dans ce métier dont j'assume la part publique, la connaissance que je peux acquérir de moi-même me rend plus fort intérieurement.

Dans mon royaume à moi, le gouvernement est sincère, les sujets généreux – et la noblesse n'a d'autres titres que ceux du cœur et de l'âme.

Remerciements

Qu'il me soit permis en premier lieu de remercier ici celui qui, sans le vouloir ni le savoir, inspira ce cheminement parallèle entre les événements du Gotha et ma vie ; c'est en effet à mon voisin et camarade de bureau, Eric Neuhoff, que j'ai emprunté l'idée de ce livre en dévorant son merveilleux récit, *La Séance du mercredi à 14 heures.*

Je veux aussi exprimer ma gratitude à Franck Ferrand pour ne m'avoir épargné aucune de ses amicales critiques ou suggestions, et sans qui ce livre n'aurait pu voir le jour. Merci enfin à Sylvie Genevoix, mon éditrice chez Albin Michel, pour ses encouragements et ses remarques pertinentes.

Que soient également remerciés tous ceux qui m'ont aidé un jour ou tous les jours : Marie-Claire Pauwels, Nicole Guez, Patrick de Bourgues et Yaguel Didier, Philippe Delaroche, Jean-Louis Remilleux... et tous les autres que je ne peux citer ici.

Table

DU MÊME AUTEUR

L'Europe des Rois
Lieu commun, 1988

Les Couronnes de l'exil
Balland, 1992

La Monarchie dans tous ses États
Balland, 1992

Moi, Amélie, dernière reine du Portugal
Denoël, 1997

Diana, princesse des cœurs
Album, Michel Lafon, 1997

God Save the Queen
Cinquante ans de tempêtes chez les Windsor
Michel Lafon, 1998

Rainier et les Grimaldi de Monaco
L'Archipel, 1999

Cet ouvrage a été transcodé
et achevé d'imprimer sur Roto-Page
par l'Imprimerie Floch à Mayenne,
pour les Éditions Albin Michel
en mars 2000.

N° d'édition : 19070. N° d'impression : 48329.
Dépôt légal : mars 2000.
Imprimé en France